エリート
JN048121
[著者]三月みどり
[原作・監修]Chinozo
[イラストレーター]アルセチカ

星蘭高校入学式
（……よし。
もう今日は帰ろう……）
綾瀬 咲
あやせ・さき

「久しぶり！
綾瀬さん！」
七瀬レナ
ななせ・れな

「〝生きる〟って、どういうことだと思いますか？」
乙葉依桜
おとは・いお

「ああ、ロミオ様！　ロミオ様！」

阿久津篤志
あくつ・あつし

CONTENTS

エリート

三月みどり
原作・監修：Chinozo

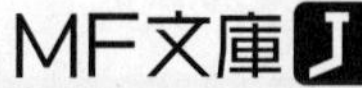

まえがき

「エリート」を手に取っていただきありがとうございます。

前作から引き続きシリーズを追って読んでいただいている方、いつもご愛読いただき感謝です。今回初めて手に取っていただいた方、はじめまして。Chinozo小説の世界へようこそ。

私は〝ボカロP〟として楽曲を作っているもので、本作はChinozo楽曲を元に三月先生に書いていただいた派生作品となります。

楽曲の世界を、小説の世界へと落とし込んでくださる三月先生には頭が上がりません。

ところで皆さんは、優等生についてどう思いますか？

今回の三作目「エリート」は、「グッバイ宣言」でクラスメイトとして登場した「綾瀬咲」が主人公です。

彼女は紆余曲折あり、まさに優等生にならざるをえませんでした。

そんな綾瀬の過去や、グッバイ宣言の舞台裏の物語が本作で明らかになり、もう読ませていただいた後どうしようもなく綾瀬が大好きになりました。

本当に好きなことに対し、真剣に考え、様々な葛藤や軋轢にどう向き合っていくか、ぜひ読んで体感してほしいです。

また前作同様になりますが、こちらの内容は楽曲の世界観とは異なる派生作という点を念頭に入れたうえで、ぜひお楽しみください！

それではぜひ、エリートをよろしくお願いします

[原作・監修]Chinozo

[口絵・本文イラスト]
アルセチカ

○プロローグ

〝生きる〟って、どういうことだと思いますか？

とある少女から、あたしはこんなことを訊かれた。

正直、急に何を言い出すんだ、と思った。

だって、この質問の前まで、彼女とは全然違う話をしていたから。

戸惑いつつも、あたしは彼女の質問に幾つか答えを出した。

心臓が動くこと。呼吸をすること。あとは……死に怯えること。

……でも、どの答えも違ったらしく、彼女は首を左右に振った。

どこが違うのか。他の人が答えても、大して変わらないだろうに。

しかし、彼女は真っすぐとあたしを見つめて言葉にしたんだ。

〝生きる〟ってことは――。

第一章　天才子役

あたし――綾瀬咲(あやせさき)は、カワイイ小学二年生。キレイな長い髪、ぱっちりおめめ。キュートな口。アイドルみたいな顔。ほんとにカワイイと思う。
こんなカワイイ見た目だけでも神様がプレゼントをくれたんじゃないかと思っているのに、なんと神様はもう一つあたしにプレゼントをくれた。――それがこれ！

「お兄さま、わたくしを殺す気ですの？」

見知らぬ部屋。その中であたしは手足を縛られて椅子に座らされている。

目の前には、コワそうなお兄さんがテッポウを構えていた。ヤクザ？らしい。

つまり、あたしはユウカイされちゃってる。

「そうだ。このままだと俺は捕まっちまうかもしれないからな」

「ですが、わたくしを殺してしまう方が、さらに捕まる可能性が高くなるのでは？」

「そ、それはそうだが……って、うるせー。またお前は俺をハメようとしたな」

「別にしてませんの。……仕方がありません。撃ちたいならどうぞ？」

挑発に怒ったお兄さんはテッポウを撃ってこようとした――けど、タマは出なかった。

「え……な、なんで？」

「簡単なことですの。わたくしが弾を全部抜きましたから」

「い、いつの間に……!?　ってか、拘束も解けてるし!?」

あたしが自由になっていると、お兄さんは大慌て。

そんなお兄さんを見て、あたしはくすっと笑ってこう言った。

「またわたくしの勝ちですわね。お兄さま」

神様がもう一つあたしにくれたプレゼント。

それはものすごく頭が良いこと——じゃなくて、ものすごく演技が上手なこと。いまあたしが演じていた役は、あいきゅー180？の賢いお嬢さま、なんだけど……あたしはすぐに賢いお嬢さまになりきることができてしまう。

だからいま、あたしは日本中のみんなから天才子役と呼ばれている。

綾瀬咲（あやせさき）の名前を聞いて、知らない人はいないってくらい。

ちなみに、あたしがお嬢さまとして出ているドラマは『お嬢さまとヤクザ』っていうらしくて、どんなお話かっていうと……よくわからないし、はっきり言ってつまらない。

でも、あたしのおかげでものすごく人気なんだって！　ウソじゃないよ？　監督さんが「お話は正直微妙だけど、咲ちゃんのおかげで大人気だよ」って言ってたし。そのとき、あたしは「そんなことないですよー」って返したけど、やっぱり思ったよね。

　あたしは天才なんだって！


「今日もありがとうございました！」

撮影スタジオにて。その日の撮影が終わり、あたしはぺこりと頭を下げた。

「咲ちゃん、今日も最高の演技だったよー」とおじさんがご機嫌そうに言ってくる。

この人は岡本大輔（おかもとだいすけ）さん。『お嬢さまとヤクザ』の監督さんね。

「ありがとうございます！　全て岡本監督のご指導のおかげです！」

「僕は何もしてないよ。ていうかそれ、誰かにそう言えって吹き込まれたでしょ？」

「そんなことないですよー」

あたしが笑ってみせると、岡本監督は「本当かなぁ？」とデレデレする。

撮影が始まってからそうだけど、この人はカワイイあたしにメロメロみたい。

さすがあたし！　なんて思っていたら、後ろからコツンコツンと足音。

振り返ると、あたし以上のキュートでキレイな女の人がそこにいた。

「ママ！」

キレイな女の人は、あたしのママ——綾瀬静香（しずか）。

あたしはすぐにママに駆け寄る。

「咲、お疲れ様」

「うん！　ねえ、ママ。今日のあたしの演技どうだった？」

「良かったわよ。とても」

「ほんと？　やったぁ！」

あたしがバンザイで喜ぶと、岡本監督が「僕が褒めた時より喜んでいるなぁ」と言っている。当たり前でしょ。岡本監督は有名な監督さんらしいけど、あたしはそういうのよくわからないし。そんな人によりも、ママに褒められる方が百倍嬉しいもの！

「岡本監督。本日も娘がお世話になりました」

「いえいえ、お世話になっているのは僕たちの方ですよ。咲ちゃんのおかげでギリギリ良いドラマになってます」

「岡本監督が咲を気持ちよく演技させてくれているからです。ありがとうございます」

ママはお礼を言うと、キレイにお辞儀をする。

それからママは岡本監督と少しおしゃべりしたあと、スタッフさんや一緒に演技をした役者さん、みんなに挨拶をする。もちろん、あたしもママと一緒に挨拶をした。

撮影するところに来たときとそこから帰るとき、ママとあたしは必ずこうしている。

ママが言うには、そうすると監督さん、スタッフさんや役者さんがあたしのことをお気に入りにしてくれて、次のお仕事にもあたしを呼ぼうかなって思ったり、かんけいしゃ？

にオススメしてくれたりするとか。

別にこんなことしなくても、天才子役のあたしにはたくさんお仕事が入ると思うけど。

「お疲れ、咲ちゃん」「お疲れ様」「またよろしくね、咲ちゃん」

スタッフさん、役者さんたちへの挨拶も終わりあたしが帰ろうとすると、今度はスタッフさん、役者さんたちが笑顔でそう言ってきた。

「お疲れ様でーす！」

あたしは最後にもう一回キュートに挨拶すると、ママと一緒に撮影スタジオから出た。

みーんな、あたしにメロメロみたいね。演技もものすごくできるし、見た目もものすごくカワイイし、ほんとにあたしって、ちゅみな女ね。

撮影スタジオを出たあと、あたしはママが運転する車でおかえり中。

お昼くらいからお仕事だったから、外はすっかり暗くなっていた。

「咲、撮影の前に私が言ったこと。ちゃんとできた？」

「うん、できたよ！　岡本監督のおかげですってちゃんと言った！」

「そう。岡本監督は咲と同い年の子供がいるから、咲が彼を褒めたりするだけで可愛がってくれるのよ。そして、それが次のお仕事に繋がることもあるの」

「ふーん、そうなんだ」

「よくできたわ。偉いわね、咲」

「うん！」

ママがまた褒めてくれた。ママはくーる?らしくて、あんまり笑ったり泣いたりしないけど、言われたことをやったり演技が上手だったら、ちゃんと褒めてくれる。

それにあたしが子役になることができたのは、ママのおかげだ。

あたしが五歳のとき。ママが子役オーディションにおうぼしてくれて、あたしは神様がくれたキュートな見た目とものすごく上手な演技でオーディションに受かって、子役になることができた。さらにママのたくさんのお助けで、あたしは最初のお仕事から緊張もなくものすごく上手に演技ができて、すぐにみんなから愛される大人気子役になった。

だからママにはたくさんありがとうって思ってるし、あたしはママのことが大スキ。

「ねえママ。そういえば友香っちは？」

あたしはヒマでちょっと足をバタバタさせながら、ママに訊く。

友香っちは、あたしがいる、げいのうじむしょ――『アイリス』にいるマネちゃん。

子役デビューしてから、ずっとあたしのマネちゃんだ。

「筒井さんなら、咲のお仕事のスケジュールの調整をしなくちゃいけないからって、事務所に戻ったわ。数えきれないほど依頼が来ているらしいの」

「それって、あたしすごいってこと？」

「そうよ。本当によく頑張ってるわね、咲」

ママに言われて、あたしは嬉しくてニヤニヤしちゃう。これからも天才子役として、がんばろーっと。

「それで咲。今日の演技のことだけど……」

「うん、よかったんでしょ？」

「ええ、とても良かったわ。でも、もう少し自然な感じでお嬢さまっぽい仕草や言葉を話せたらもっといいと思うの。だからね、お嬢さまが出てくるドラマを沢山買ってきたわ。帰ったらママと一緒に見ましょうね」

「えっ……うん。……わかったわ、ママ」

ママは頑張ったらちゃんと褒めてくれる……けど、ちょっぴりキビシイところもある。

でも、それはぜーんぶあたしのため。だから、あたしももっと頑張らなくちゃ。

なんたって、あたしは天才子役だからね！

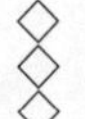

子役として大人気のあたしだけど、いつもは普通の小学二年生。
だからお仕事がない日は、他の子たちと同じように学校に通っている。

　そして、お仕事がお休みの今日は久しぶりに登校していた。

「あっ！　咲ちゃん！」

　あたしが教室に入ると、それに気づいたクラスメイトの女の子が名前を呼んだ。

　すると、他のクラスメイトの子たちも、次々とあたしを見る。

「久しぶりだね！　咲ちゃん！」「綾瀬じゃん！」「またどらま?だったの？」

　一人、また一人と、あたしのところに近づいてくるクラスメイトたち。

　たったいま国民に大人気のあたしは、もちろんクラスメイトたちにも大人気。

　たまに学校に来ると、すぐにこうやって囲まれちゃう。

「『お嬢さまとヤクザ』ってドラマ見たよ！　咲ちゃんすっごい演技上手だった！」

　褒めてくれたのは、恵美ちゃん。クラスであたしの次に人気のある女の子。

「ありがとう。でも、あれくらいあたしにとって当然よ」

「そうなんだぁ、咲ちゃんすごいね！　それにあのドラマ、すごく人気あるよね！」

「うん。いまやっているドラマの中だと一番目か二番目くらいに人気よ」

　それに恵美ちゃんは「すごいねー！」って言ってくれる。ドラマの人気があるのは、あたしのおかげなんだけどね。

　それから、あたしはクラスメイトの子たちと少しおしゃべりしたあと自分の席に歩く。

「お、おはよう。咲ちゃん」

自分の席にとーちゃくすると、おとなりから弱っちい声が聞こえてくる。

おとなりを見てみると、声と同じようにすごく弱そうな男の子がいた。

「おはよう、篤志（あつし）」

挨拶をおかえしすると、男の子は目を右へ左へ動かしてオロオロとする。

まったくもう。そっちから挨拶しておいて、なんなのよ。

見るからに弱そうな彼の名前は、阿久津（あくつ）篤志。

お互い家が近いから彼とはベビーカーのときから知っていて、つまりあたしの幼馴染（おさななじみ）。

「今日も、篤志はか弱いオトメみたいね」

「ぼ、ぼく。オトメじゃないよ……」

「いいえ、きっと篤志はオトメなのよ。これからは篤志ちゃんって呼ぼうかしら」

「そ、それはイヤだよぉ」

篤志は泣きそうになる。そういうところがオトメみたいって言ってるのよ。

まあ出会ったときからこういう感じだから、もう気にしなくなったけど。

「ね、ねえ咲ちゃん」

「なにかしら、篤志ちゃん」

「えぇ!?　ほんとにそうやって呼ぶの……?」

「なんてね。ちょっとからかっただけよ。で、どうしたの篤志」

「え、えっと……その、今日ね、も、もし良かったら、ぼくと一緒に――」

言葉の途中、急に教室の戸が開いた。

「みんな席に着いてねー」と担任の先生が入ってくるとクラスメイトたちに呼びかける。

十人くらいは「えー」とか「早いよー」とか文句を言う子がいたけど、先生に注意されると、その子たちはすぐに自分の席に座った。やれやれ、お子ちゃまが多いクラスね。

……あっ、そういえば篤志(あつし)とまだ話の途中だった。そう思っておとなりを見ると、篤志はぐったりと机に体をくっつけていた。

一体、なにを言いたかったのかしら？　……でも、なんとなくわかってるけど。

そのあとクラスのホームルームが始まって、久しぶりの学校生活がスタートした。

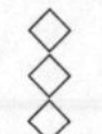

「なんか……学校って退屈ね」

一日の授業が終わって、放課後。あたしは帰る準備をしながら、呟(つぶや)いた。

久しぶりに学校に来たけど、これといって楽しいことも面白いこともなかった。

たしかに休み時間に友達と遊んだりするのは楽しいけど……なんか物足りなかった。

それよりお仕事で上手な演技をして、監督さんやスタッフさん、共演の役者さんにすごいって言われる方が楽しいし、ママに褒められたらもっと楽しいし、嬉しい！

そうだ。帰ったら、ママと一緒にお嬢さまが出てくるドラマを一緒に見なくちゃ。もう何個か見てるけど、べんきょうになる演技がたくさんあるし、もっとドラマを見たら、きっともっと演技が上手になる気がする。

「咲ちゃん！　一緒に帰ろー！」

たくさん考えごとをしていたら、恵美ちゃんがにぱぁーっと笑って近づいてくる。

あたしには劣るけど、なかなかカワイイじゃない。

「わたしも咲ちゃんと帰りたい！」「わたしも！　わたしも！」

恵美ちゃんと仲良しの二人も手を挙げる。今日はお仕事もないし一緒に帰れるわね。

――でも。

あたしはチラッとおとなりを見る。そこには放課後なのに、弱っちい男の子がずっと席に座ったままだった。しかも、彼はあたしを見たり見なかったりを何度もしている。

……もう、しょうがないわね。

「ごめんなさい。先に約束をしている子がいるの」

「えー、そうなんだ。それは残念」「残念だね」「ねー」

あたしの言葉に、恵美ちゃんたちはとても残念そうにする。

それからお互いに「じゃあね」と挨拶をしたあと、三人とも教室を出て行った。

「じゃあ篤志。一緒に帰るわよ」

「え……!? だって、誰かと帰る約束してるんじゃ……」

「うるさいわね。さっさと一緒に帰るの」

びっくりしている篤志なんて気にせずに、あたしは彼の腕を掴み引っ張っていく。

「あっ、ちょ、ちょっと待って。腕取れちゃうよ、咲ちゃん」

「そう簡単に取れないわよ。バカ、アホ、意気地なし」

「えぇ……ひ、ひどいよぉ」

ごちゃごちゃうるさい篤志を連れて、あたしは教室を出た。

ほんとにあたしの幼馴染は、へなちょこなんだから。

学校を出たあと、あたしと篤志は一緒に帰り道を歩いていた。

今日は授業が六個もあったから、空はオレンジ色になっている。

「朝、ほんとはあたしと一緒に帰ろうって言おうとしたんでしょ?」

あたしが訊くと、篤志はまたびっくりしたようにこっちを見たあと目を逸らした。

「そ、そんなことないよ……」

「ウソ言わないの。篤志はウソつくとき、すぐに目を逸らすんだから」

「……うぅ、そんなことないもん」

「そんなことあるのよ」

どうしてあたしの幼馴染（おさななじみ）なのに、こんなにへなちょこなのかしら。

一緒に帰ろうくらい、普通に言えばいいのに。

「あと篤志（あつし）。そろそろ友達くらい作りなさいよ。いつまで独りぼっちでいるつもりなの？」

「だ、だって、人に話しかけるのとか恐（こわ）いし……」

初めて会ったときから、彼はものすごく人見知りだ。

だから、最初はあたしにも全然話せなかったけど、あたしがムリやり話しかけ続けたら、あたしとだけは普通に喋（しゃべ）れるようになった。なんでそこまでしたのかって訊（き）かれたら、こんなにカワイイあたしとおしゃべりすらしない篤志にムカついたからってだけ。

「で、でも、わかった。咲（さき）ちゃんが言うなら、明日……明後日（あさって）から頑張ってみる」

「そうやって言って、頑張ったところ見たことないわ。もう前みたいに、いつもあたしが一緒にいられるわけじゃないんだからね」

あたしが強く言うと、篤志はしゅんとする。……ちょっと言い過ぎたかしら。

でも大丈夫。こういうとき、篤志が元気になる魔法を知ってるんだから。

「あのね篤志。あたし、今度ものすごく有名な役者さんたちがたくさん出る映画に出演することになったのよ」

「えっ！　ほんと！」

あたしが伝えると、篤志はすぐに目を輝かせた。

彼はあたしがドラマに出ることになったり、テレビ番組に出ることになったり、とにかくあたしに良いことが起きると、すぐに喜ぶ。これが篤志が元気になる魔法だ。

「すごいでしょ？」

「うん！　すごいよ！　いつ公開するの？」

「たしか三ヵ月後くらいだったかしら。撮影はまだだけど、セリフ合わせはしたわ」

「そうなんだ！　ぼく、絶対に見るからね！　やっぱり咲ちゃんはすごいなぁ」

篤志はとても嬉しそうな顔をする。

あたしが子役としてデビューしてから、彼はどんな小さな作品でもあたしが出演している番組を全部見てくれている。ドラマや映画はもちろん、バラエティ番組とかも全部。

だからか篤志が褒めてくれると、他の子たちに褒められるより、ちょっとだけ嬉しい。

ま、まあ！　ママに褒められるのが一番嬉しいんだけどね！

「で、でもそっか……」

「？　どうかしたの？」

「い、いやその……有名な役者さんがたくさん出るってことは、その……カッコいい人とかもたくさんいるのかなって」

篤志は少し不安そうな声で、こっちをチラッと見る。これってもしかして……。

「あたしが役者さんの誰かとカップルになっちゃうかもって、心配してるの？」

「っ!?　そ、そそ、そんなことないよ!?　全然心配なんてしてない!!」

「あらそう？　じゃああたしが誰かとカップルになってもいいんだ？」

「そ、それは……」

篤志（あつし）はどう答えようか困っているけど、決して肝心なことは言おうとしない。

まったくもう、素直じゃないわね。

「安心しなさい。一緒に演技をする役者さんはみんな会ったけど、どれも弱そうであたしのタイプじゃなかったわ」

「そ、そうなんだ……」

篤志はほっと息をつく。

「そうよ。だってあたしは力強くリードしてくれる、強い男の人がスキだから」

「つ、強い男の人……」

次に篤志はまずいぞ、みたいな表情を見せる。なんか忙しい子ね。

「いい篤志？　あたしにスキになってもらいたかったら、もっと強い男の子になりなさい。友達を作るくらいでビクビクしてちゃダメよ」

「だ、だから！　ぼくは咲（さき）ちゃんのことがスキなわけじゃないよ！　……でも、うん。頑張ってみる」

篤志は小さく頷いた。これでほんとに頑張って友達ができたらいいんだけどね。

「ねえ篤志。あたしね、次のドラマで良い演技をして、その次はもっと良いドラマで、もっと良い演技をするの」

「え……う、うん……？」

あたしがそう言うと、篤志は少し困っている。

当然ね。きっと急になにを言い出すんだろうって思ってる。

「つまりね、あたしはもっともっと演技が上手くなって大人になったら大女優になるの！」

「だ、大女優……！」

「そうよ。誰もがあたしの演技を一目見ただけで、あたしのことが大スキになるの。そんな大女優にあたしはなりたいの！」

そして、あたしはきっとそんな大女優になれる。

だってこんなにもカワイイし、演技の才能もあるのだもの。

大女優になったら、ママももっともっと褒めてくれるわ！

「どう？　大女優になったあたし、篤志は見てみたい？」

「うん！　もちろんだよ！　すごく見てみたい！」

篤志はさっき以上に目を輝かせていた。ほんとに篤志ってあたしのことスキすぎよね。

「ありがとう。……そういえば、篤志は大人になったらやりたいこととかないの？」

「ぼ、ぼく？　そ、そうだなぁ……」

篤志はうーん、と考える。よく考えたらまだ友達もちゃんと作れないのに、こんなことを訊くのはちょっと早かったかしら……。と思っていたら——。

「咲ちゃんをずっと応援する！」

急に篤志が大きな声で言い出した。しかも、明らかに今日で一番声が出ていた。

あたしはそんな彼にびっくりしたあと——つい笑ってしまった。

「やっぱり篤志、あたしのことスキすぎ」

「ち、違うよ!?　で、でも、ぼくはずっと咲ちゃんのことを応援するからね！　大人になっても、おじいちゃんになってもずっと応援する！」

そのとき、篤志にしては珍しく強い目をしていた。おじいちゃんになってもって……。

「そう。篤志がいいなら、それでいいんじゃないかしら」

「うん！　ぼくは絶対にずっと咲ちゃんを応援するよ！」

篤志はまた強い目で見てくる。もう、どれだけあたしを応援したいのよ。

「じゃあその目でしっかりと見てなさい。篤志がこれからずっと応援する人は将来、日本で一番の大女優になるんだからね！　ちゃんと応援してないと許さないんだから！」

「わ、わかった！　ものすごく頑張って応援するよ！」

篤志はそう言って大きく頷いた。彼は本気であたしのことを応援し続けてくれるみたい。

普段はへなちょこなくせに、カッコつけちゃって。

……でも、ちょっとだけ嬉しいかな。ちょっとだけね。

それから、あたしは今度あたしが出るドラマのことを篤志に喋りながら一緒に帰った。

その間、篤志がたまにあたしの手を見てたけど、結局なにもしてこなかった。

やっぱりあたしの幼馴染は、まだまだへなちょこね。

「お父さんに近づくな！　それ以上近づくと絶対に許さない！」

あたしは、なにかを守るように両手を広げて、必死に言った。

しかし、目の前には体の大きいマスクを被った殺人鬼がいて、彼はゆっくりとあたしに近づいてくる――というのは、あたしの想像でほんとは殺人鬼なんていない。

「いいよ、咲ちゃん！　とても上手ね！」

パチパチと手を叩くのは『アイリス』で働いている演技の先生の沙織さん。事務所にいる役者さんに個別で演技を指導してくれる人で、昔は有名な舞台女優さんだったみたい。

ママは演技を教える人にもキビシイことがある……けど、沙織さんのことはとても信頼していて、ドラマのセリフ合わせや撮影のリハーサルでいつも一緒にいてくれるママも、演技の指導時間は沙織さんにあたしを任せている。

子役デビューして以来、週に四回、あたしは沙織さんに指導してもらっている。

「次に咲ちゃんが出る映画の『ミステリーホテル』に登場する舞ちゃんって役は、見た目は可愛いけど性格は男勝りの勇敢な女の子。少し指摘したいところはあるけど、咲ちゃんはよく役の特徴を掴めてるわ！」

「沙織さん、ありがとうございます」

あたしはぺこりと頭を下げる。でもこれくらい、あたしの実力なら当たり前ね。

ちなみに『ミステリーホテル』は、篤志に伝えたものすごく有名な役者さんたちがたくさん出る映画。

「じゃあ、これくらいでそろそろ終わりにしましょうか」

「ううん、あたしはまだ練習します」

「えっ……でも、もうだいぶ練習したけど――」

「まだ練習します」

あたしはそう言ってから、沙織さんの返事を聞かずに再び練習を始めた。

みんなは褒めてくれるけど、将来、誰にも負けないくらいの大女優になるあたしはもっと演技が上手くないといけないの。だからもっと練習しないと。

「咲ちゃーん。君のマネージャーの筒井友香がお迎えにきたよー」

練習の途中、二十代前半くらいの綺麗な女性——友香っちが演技指導室に入ってきた。

「あれ、まだ練習しているんですか？」

「そうなんですよ。咲ちゃんがもっと練習したいって」

沙織さんが心配そうに言うと、友香っちがこっちに近づいてくる。

「咲ちゃん。咲ちゃんのお母さんが外せない用事があるらしいから、迎えにきたよ」

「あらそう。でも友香っち、あたしはまだ練習したいの。もう少し待っていなさい」

「めっちゃ命令口調……。もう咲ちゃんは相変わらずワガママなんだから」

ぶーぶー言いつつも、友香っちはあたしから少し離れて待ってくれる。

友香っちはなんだかんだ言って、いつもあたしの言うことを聞いてくれるんだ。

それから一時間くらい演技をし続けたあと、あたしは練習を終えた。

沙織さんの演技指導室を出たあと、あたしと友香っちはエレベーターに乗って、彼女の社用車が停まっている駐車場がある地下へと向かう。

演技指導室は『アイリス』の事務所内にあって、ついでに言うと大手芸能事務所の『アイリス』は巨人みたいな大きなビルが丸々事務所になっている。

「しかし咲ちゃんってさ、よく頑張るねぇ」と急に友香っちが言ってきた。

「あたしは天才子役なの。これくらい当然よ」

「だからって、子供でこんなに練習している人見たことないよ。デビューしてからずっと他の子役の子たちより倍以上も練習してる」

「他の子たちのやる気がないだけよ」

あたしがきっぱりと言うと、友香っちは苦笑いを浮かべる。

「まあ他の子のやる気うんぬんはさておき、これだけは言えるかな」

すると、友香っちはあたしにウィンクして、

「咲ちゃんはものすごーく！　演じることがす——って咲ちゃん!?」

友香っちがなにか言おうとしていたけど、エレベーターの扉が開いたからあたしは先に歩いていた。

「ちょっと～友香ちゃんの話を無視しないでよ～」

「だって、友香っちの話ってあんまり面白くないし。聞かなくていいわ」

「ぐはっ！　子供なのにどうしてそんなに辛辣なのさ……」

友香っちは、なにかで胸を刺されたような仕草をする。下手っぴな演技ね。

「あっ、そういえば忘れてた。咲ちゃん、はいこれ」

「？　なにこれ？」

友香っちから渡されたのはピンク色のカワイイ封筒。……お手紙？

「うちに帰ったら読んでみてね。絶対に咲ちゃんが喜ぶから」

友香っちはそう言って、またウィンクしてきた。友香っちの演技は下手っぴだけど、ウインクだけはあたしより上手いかもしれない……。

「ただいまー」

友香っちに車で送られて、あたしは家に帰ってきた。

リビングに入ると、すごく美味しそうな匂いがする。

「おかえりなさい、咲」

台所から顔を出したのは、ママだった。

「あれ、ママ？　どうしておうちにいるの？　用事は……？」

「用事はもう終わったのよ」

「そ、そうなんだ！」

ママはたまに用事って言って、どこかに行くことがある。ママはせんぎょうしゅふ？　だからお仕事はしてないって、ママから聞いているから用事はお仕事じゃない。

でも、ママがどこに行っているのかまでは、あたしも知らない。

「それに咲を家で一人になんてしないわ。今までだって一度もないでしょ？」

「っ！　うん！　そうね！」

ママは絶対にあたしに寂しい思いをさせない。これは当たり前のことなのかもしれないけど、あたしにとってはすっごく嬉しいことなの。

「今日はパパが早めに帰ってくるらしいから、三人でご飯を食べましょう」

「パパが？　やった！」

「だから早く手洗いうがいをして、荷物も部屋に置いて来ちゃいなさい」

「うん！　わかった！」

あたしは大急ぎで手洗いうがいをして、自分の部屋に向かって歩く。

それからカバンを部屋に置くと、ふと思い出した。

「そういえば友香っちから、お手紙をもらってたわね」

カバンから取り出すと、あたしはピンク色の封筒を開ける。中からはキレイに折られた便せんが入っていて、手に取って開くと、ぎっしりと文字が書いてあった。

「あやせさきちゃんへ……って、これファンレター？」

もう少し読んでいくと、やっぱりファンレターだった。前に友香っちが言っていたけど、いまは、えすえぬえす？があるから、ファンレターなんてほとんど来ないみたい。

あたしだって子役を二年以上やっていて『アイリス』のついったー？にファンからのメッセージが来たことはたくさんあるけど、ファンレターは初めて。

「ちゃんと書いてくるなんて、えらいじゃない」

あたしは一人呟いたあと、ファンレターを読んでいく。

『あやせさきちゃんへ。

わたしの名前は、おとはいおです。小学二年生です。さきちゃんの大ファンです。

さきちゃんのえんぎがものすごく好きです。どういうところが好きかというと、さきちゃんのえんぎは、とてもキラキラしていて、カッコいいです。

だから元気がもらえます。とってももらえます。

そんなえんぎをする、さきちゃんも大好きです。

これからも、わたしはずっとさきちゃんの大ファンです。

さきちゃん、これからもがんばってください。ものすごくおうえんしてます。

さいごに、もう一度だけ言わせてください。さきちゃんのことが大好きです。

おとはいおより』

「いおちゃん……」

この子、同い年なのにあたしより頭良いわね。だって、こんなに漢字を使っているのだもの。それにあたしが読めない漢字もあるし……。

『度』とか『好』って、なんて読むのかしら。

あたしは部屋に置いてある漢字辞典を取り出して『度』と『好』を探してみる。

『度』は『ど』って読むみたい。だから『もう一度』は『もういちど』ってことね。

じゃあ『好』は……。

「これは『す』って読むのね。じゃあファンレターに書いてあったことは……すき？」

つまり、いおちゃんって子は、あたしのことが『好き』なのね。

――いいえ『大好き』なのね。

なかなか見る目あるじゃない。……でも、あたしの演技がキラキラしているのはわかるけど、カッコいいってなによ。男の子みたいってことかしら。だとしたら失礼ね。

……なんて思っているあたしだけど、きっと顔はニヤニヤしちゃっている。

あたしの演技が好きで、あたしのことが好きで、それを伝えるためだけにこうしてファンレターを送ってきてくれたことが、すっごく嬉しかった。

いつも思うことだけど、ファンからの言葉で感じる嬉しいは、ママや篤志に褒められているときに感じる嬉しいとは少し違って、心がポカポカする。

そして、いおちゃんのファンレターは今まで一番、心がポカポカした！

「まったく、しょうがないわね。これは大切に取って置いてあげるわ」

ファンレターを、べんきょう机の引き出しに大事に入れる。その引き出しはあたしのデビュー作の台本だったり、あたしにとって大切な物だけが入っている引き出しなの。

「咲、ご飯できたわよー」と一階にいるママから呼ばれた。

「いい？　いおちゃん。また読んであげるから、そこで待ってなさい」

あたしはファンレターが入っている引き出しに向かって言って、部屋を出た。

それからリビングに向かうまで、あたしはファンレターのことを思い出す。

すると、また心がいっぱいになるくらいポカポカになった！


「ねえ聞いて！　あたしね今日ファンレターをもらったのよ！」

ダイニングで晩ご飯を食べていると、あたしは大きめの声で言った。

「それは良かったね」

すると、そう言ってくれたのはパパだった。パパの名前は綾瀬丈。サラリーマンをやっていて、普段はあんまりおしゃべりしなくて、しずかなパパ。でも、あたしに良いことがあったり、あたしが頑張ったりしたら褒めてくれる優しいパパ。

「それは嬉しいわね、咲」と次にママも言ってくれた。

「うん！　しかもね、そのファンレターの子、女の子であたしと同い年なの！　それなのにお手紙いっぱいになるくらいたくさん文字が書いてあって、きっとあたしのことすっごく好きなのよ！」

「そうか。じゃあ咲もその女の子とファンレター、どちらも大切にしないとね」

「もちろんよ、パパ！」

あたしがそう返すと、パパは穏やかな笑顔をみせる。

パパって笑うの下手なのよね。あたしとママ以外だったらきっと気づかないわ。

「あとね！　その子、きっと頭も良いの。漢字がたくさん使われてたし、あたしが知らない漢字もあったもの！」

「それは咲がちゃんと勉強してなかったからではないの？」

「ち、違うわよ、ママ！　これでもあたしはクラスで頭良い方なのよ」

「本当かしら？」

「もう！　ママのイジワル！」

あたしがむくれると、ママはクスッと笑った。

ママって、いつもカッコいいのに、たまにこういうことをしてくるのよね。

あとパパ。パパも笑ってるのバレてるからね。もうっ。

「ほら咲。喋ってばかりだと、ご飯冷めちゃうわよ。早く食べちゃいなさい」

「はーい」

あたしは晩ご飯のミートソースパスタをもぐもぐ食べる。

ミートソースパスタはあたしの大好物！　すごくおいしい！

「でもそうね。その女の子のためにも、咲はお仕事頑張らないといけないわね」

「そんなことわかってるわ、ママ」

「食べながら喋らないの。けれど、わかっているなら良かったわ。じゃあ晩ご飯食べ終わったあと、またママと一緒にドラマを見ましょうか」

「うん！　わかったわ！」

あたしがお嬢さまの演技を上手にして『お嬢さまとヤクザ』をもっと人気にしなくちゃ。あと、これからすごい役者さんばかり出る『ミステリーホテル』の撮影も始まるし、今よりもっともっと頑張らないと。

そして、あたしは絶対に大女優になるの。

いいえ、あたしは大女優になれるに決まってる！

なんたって、あたしは天才子役だからね！

このとき、あたしはこれからもずっと演じることを続けるのだろうと思っていて、大人になったら大女優になっていることを信じて疑わなかった。

◇◇◇

しかし、二年後――あたしの役者としての仕事はほとんどなくなっていた。

「あたしのことは放っておいて！　さっさと行って！」

あたしは倒れながら、誰かに伝えるように必死に叫ぶ。いまあたしはすっごく有名なドラマの撮影をしていて、周りにはすっごく有名な役者さんたちがいる。

そして、なんとあたしは、そのすっごく有名なドラマの主役に抜擢（ばってき）された！

――というのは、ぜーんぶウソ。なにもかもウソ。

ドラマの撮影なんてしていないし、ましてやすっごく有名ドラマの主役になんてなっていない。当たり前よ。いまのあたしなんてドラマの主役どころか、脇役にすら長い間なれていないのだもの。じゃあ、あたしがどうして演技をしているかというと――。

「咲（さき）ちゃん！　いまのセリフはもっと鬼気迫る感じでやった方がいいわ！　絶体絶命の場面なんだから！　このままだとオーディションなんて受からないわよ！」

沙織（さおり）さんに厳しく指導される。……そう。たったいま彼女が言った通り、あたしは今度行われるドラマのオーディションの練習をしていた。

「はい、わかりました。沙織さん」

あたしは返事をすると、演技を再開する。

天才子役として人気絶頂の頃から二年が経（た）って、あたしは小学四年生になっていた。

小学二年生の時に出演していた『お嬢さまとヤクザ』はママとお嬢さまドラマを見た甲斐（かい）あってか、話を追うごとにあたしのお嬢さまっぽさが増して、同じ時期にやっていたドラマの中で圧倒的に視聴率ナンバーワンになった。

『ミステリーホテル』もすっごく有名な役者さんたちばかりで脚本も完璧だったから、その年の映画の賞をもらっていた。あたしの演技も子供とは思えないと称賛の嵐だった。

――が、それ以降、あたしは役者としての仕事が徐々に減っていき、今となっては本当にほんの少しだけ。しかも、その仕事もセリフが一つだけとかのエキストラと大して変わらないモブ役のみ。

なんでこんなことになってしまったかというと、とっても簡単な話。

あたしは〝天才〟なんかじゃなかった。

五歳でデビューしてから二年前まで、天才子役ともてはやされてきたあたしだけど、実際は子供にしては演技が少し上手かっただけ。

子役のピークは主に七歳～八歳。つまり、小学二年生。

たぶん子供としての可愛さが通用するのが、小学二年生までなんだと思う。

それ以降は、ちゃんとした演技の才能や実力がないとやっていけない。

そして、あたしは見事にどちらも欠けていた。

いま思えば、自身を天才子役だと思い込んでいた自分が恥ずかしい。ただのバカだ。

……でも、あたしはまだ演じることを続けている。

理由は、大女優になりたいから――っていうわけじゃない。

才能も実力もないのだもの。大女優になんてなれるわけないでしょ。

だから、なんで演じることを続けているかっていうと……意地みたいなもの。

たぶんそう……だと、あたしは思っている。

正直、あたしにもはっきりとした理由はわからない。

あたしにはなーんにもないのに、なんでまだ演じることを続けているんだろう……。

オーディションの練習後。あたしは演技指導室から出て自販機で飲み物を買っていた。

それから、演技指導室に戻ると――。

「正直な話。これ以上、咲ちゃんは役者としてやっていけないと思います」

沙織さんの声が聞こえてきた。あたしは思わず、出入り口の手前で止まる。

これ、どう考えてもあたしが聞いちゃいけないやつだ。

……だけど、沙織さんがそう思っていることは薄々気づいていた。いつも笑顔で指導してくれてはいるけど、あたしに期待してる感じがぜんぜんなかったから。

ウワサによると、あたしが天才子役と言われていたときも、沙織さんだけは将来的に厳しいかもしれないと思っていたみたい。なら早めに教えてくれれば良かったのに、と思いたいところだけど、小学二年生の女の子にそんな残酷なことを教えたりしないよね。むしろ今までずっと指導してくれて、沙織さんには本当に感謝している。

……あれ？　待って。さっきまで部屋にはあたしと沙織さんしかいなかったはずよ。

沙織さんは一体誰と話しているの……？　今日、ママは用事があるって言っていたし、友香っちが迎えに来たのかしら？

「それはつまり、娘が役者として通用しない、ということですか？」

その声を聞いて、あたしは驚いて口を押えた。

だって、たったいま話したのはママだったから。どうして……？

あたしがすごく動揺している中、ママと沙織さんの話は進んでいく。

「咲ちゃんは努力家です。普通の子より何倍も練習しています。今日も通常の練習時間より遥かに多く練習をしていました。ですが役者の世界は努力では、どうにもならないこともあるんです。ですから咲ちゃんにこれ以上、役者を続けさせるのは止めてください」

「それはどういう意味ですか？　私が無理やり咲に役者を続けさせていると？」

「……私にはそういう風に見えます」

沙織さんは少し緊張している口調で言うと、そのまま続けた。

「咲ちゃんがドラマとかによく出ていた頃は、すごく楽しそうにしていました。ですが、少しずつ仕事がなくなり始めて、咲ちゃんの表情も苦しくなっていって……正直、いまの咲ちゃんが心の底から役者をやりたいと思っているとは思えません」

「だから、私が強引に咲に役者を続けさせていると？」

「……そうです」

沙織さんが頷くと、ママは暫く話さなくなる。もしかして、ママもあたしに役者を辞めさせようって思ってるのかな。……まあしょうがないよね。才能もないし実力もないし。頑張っても結果なんてついてこないし。これ以上続けても仕方ないわよね。

そう思っていたら――。

「咲には役者を続けさせます。あなたの指図を受けるつもりはありません」

ママは迷いがない口調で、断言した。

「咲ちゃんのお母さん！」

沙織さんはもう一度説得しようとするが、ママは沙織さんと一緒にいたくなくなったのか部屋から出ようとこっちに向かってきた。って、どうしてこっちに来るの！

ど、どうしよう。このままだとママと鉢合わせに――。

「えっ、咲」

あたしがあわあわしている間に、ママが出入り口に来てしまった。

あまり表情を変えないママもこれにはびっくりだったみたいで、目を見開いている。

でも、すぐにいつものクールなママに戻った。

「きょ、今日は用事じゃなかったのね……」

「用事はあったわ。でも、少し早く終わったのよ」

あたしが気まずそうに言うと、ママは淡々と答える。

しかし次の瞬間、ママはあたしの両肩に手を置いた。

「咲、どうしたい？」

真っすぐにこっちを見つめて、ママは訊ねる。なんのことを訊いているかは、いちいち訊き返さなくてもすぐにわかった。ママはさっきの会話を全部聞かれていたと思って、こう訊いているんだ。その質問に、あたしは――。

「あたしは役者を続けるわ！　ママ！」

たったいまわかった。あたしはママのために演じることを続けてきたんだ。

ママに褒められたくて、ママの期待に応えたくて、これまで頑張ってきた。きっとそう。

そして、ママはまだあたしに期待してくれている。それならあたしも頑張らなくちゃいけない。ママのおかげで一度は天才子役になれたのだもの。

だからママに恩返しをするためにも、ここからもう一度役者として活躍してみせるの！

「そう。じゃあ頑張りましょう」

「うん！　頑張るわ！」

ママの言葉に、あたしは力強く返事をした。

見てね、ママ！　あたしは役者としてちゃんと復活してみせるから！

◇◇◇

「咲ちゃーん！　今日あそぼー！」

役者として復活すると決意した翌日。学校の授業が全て終わると、恵美ちゃんが元気に近づいてきた。彼女とは二年生からずっと同じクラスのままだ。

「ごめんね、恵美ちゃん。今日はちょっと用事があって……」

「そうなの？　でも前も用事って言ってたよ？」

「そうだけど……ごめんね」

「……わかった。また誘うね」

恵美ちゃんは残念そうな表情を浮かべると、他の女の子たちの方へ行った。きっと彼女たちも誘うのだろう。恵美ちゃんには悪いけど、あたしに遊ぶ暇なんてない。

今日も沙織さんに演技指導をしてもらうんだから。あたしに役者を辞めて欲しいと思っていた沙織さんだけど、あたしがちゃんと話をしたら今後も指導してくれることになった。

しかも、練習時間も増やしてくれるらしい。

指導料は、あたしに沢山仕事が入っていた時は『アイリス』が出してくれていたんだけど、いまは当時の仕事とたまに出してもらっているマイナーなテレビ番組でもらったあたしのお金で払っている。

沙織さんは「咲ちゃんは頑張ってるからナシでもいいよ」って言ってくれたけど、さすがにそれはあたしとママが断った。まず沙織さんに失礼だし、彼女の指導を受けている他の子役の子にも失礼だ。だからと言って、ママやパパのお金を使うわけにはいかない。あたしに才能も実力もないせいで、役者の仕事が減ったんだから。

ちなみに協力的になった沙織さんだけど、やっぱりまだあたしが役者を続けることは良いとは思っていない。あたしが苦しんだり、悲しんだりする姿を見たくないみたい。

「咲ちゃんは、なんか用事で遊べないんだってー」

「用事って、テレビのお仕事？　でも最近、咲ちゃん全然テレビで見ないよ？」

「うん。でも、ものすごくたまに咲ちゃん見るよって、お母さんが言ってた」

「ふーん。そんなお仕事するより友達と遊ぶ方が楽しいと思うけどなー」

「ねー、遊ぶ方が楽しいよねー」

恵美ちゃんたちのそんな会話が聞こえてきた。

悪気があって言ってるわけじゃないと思う。普通の子からしたら、あるかないかわからない役者の仕事のために演技の練習をしたり、演技の指導料のためにほとんど誰も見ないようなマイナー番組に出たりするより、友達と遊ぶ方が楽しいに決まってる。

……だけど、あたしはもう決めたの。

まだ期待してくれているママのために、もう一度役者として活躍するんだって。

「さ、咲ちゃん……」

隣から弱っちい声。篤志だ。彼とも二年生から——いえ入学以来ずっと同じクラスね。

「どうしたの、篤志。悪いけど、今日は一緒に帰れないわ」

「そ、そうなの？　あっ、でもそうだけど、そうじゃなくて……」

「だから、どうしたのよ？」

もう一度訊くと、篤志はオロオロしながら少し言いにくそうな表情で、

「そ、その……最近、元気かなって」

「元気かって？　なんで？」

「だ、だって、咲ちゃん。最近、というか、三年生くらいの時からずっと表情が暗いとき多いし……だ、大丈夫かなって……」

篤志は緊張気味にそう言ってきた。

あたしのことを心配してくれているみたいね。……ううん、そもそも篤志はあたしの仕事が減り出してから、ずっとこうやって声を掛けて心配してくれている。

「篤志のくせに生意気ね」

「ご、ごめん……」

「でもね、その……ありがと」

あたしがお礼を言うと、篤志はびっくりした顔をみせる。

なにその反応。まるであたしが普段、お礼を言わない人みたいじゃない。

「安心しなさい、篤志。これからあたしは役者としてバーン！と活躍してみせるから。そして少し経ったら、誰もが羨ましいって思うような役者になってるわよ！」

「う、うん！　頑張ってね！」

あたしの言葉に、篤志は目を輝かせてエールを送ってくれる。

篤志はどれだけあたしの役者の仕事が少なくなっても、ずっと変わらないままね。

へなちょこな幼馴染のくせに……やっぱり生意気よ。

そんな幼馴染の瞳をもう一度見て、あたしはやってやる！と気合を入れた。

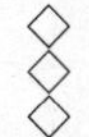

ママに役者を頑張ると言ってから、あたしは必死に演技の練習をした。
役者の仕事が減り始めてから週五日に増やしていた沙織さんの演技指導を週七日――つまり、毎日にしてもらった。もちろん一回あたりの練習時間も増やしてもらっている。
それから毎日見ていたドラマや映画の本数の倍を見ることにして、とにかくプロがどんな風に演じているのか目に焼き付けた。

同じ事務所の役者の先輩にもアドバイスを求めた。……いいえ、先輩だけじゃない。同い年の子や年下の子にも、どうやって演技をしているのか訊いた。

だって、みんなあたしより活躍しているから。

活躍していなくて、役者を続けている子供なんてあたしくらいだ。

しかも、あたしは容姿が武器になる子役としてのピークを過ぎた、中途半端な子供。

それでも！　あたしは頑張ると決めたから、役者として復活することだけを考えて、考えて、考えて――毎日を過ごした。

そして、小学四年生の一年間。

『ごめんね。今回は不合格かな』『かつての天才子役にしては演技力がなぁ』『演技は上手いんだけど、ただ上手いだけかな』『小学四年生でこれかぁ……』『見た目は可愛いんだけどねぇ』『なんか足りないなぁ』『努力してる感じはするんだけどね、ちょっとね』

あたしは一つもオーディションに受からなかった。

小学五年生の一年間。

『全然表現力が足りないね』『君って天才子役の子だよね。それにしてはなんというか演技があんまり……』『グッと来るものがないんだよなぁ』『演技に心が込められてないんだよね』『頑張っているのかもしれないけど、もっと頑張らないとダメ』『これは才能が……あっ、ごめんね。なんでもないから』『うーん、この演技じゃちょっとね』

あたしは一つもオーディションに受からなかった。

小学六年生の一年間。

『小学六年生なのにこれって……』『セリフの話し方も演技力も話にならない』『あの天才子役の咲(さき)ちゃん!?まだ役者続けてたんだ』『君、本当に頑張ってる?』『これは練習不足だね』『やる気ある?』『一生懸命なのはわかるけど、これじゃあダメかな』『そんなんじゃダメだよ。全然ダメ』『厳しいこと言うけど、才能がないよね』『真面目(まじめ)な演技してるね。全くワクワクしない』『光るものがないかな』『今まで何やってたの?』

あたしは一つもオーディションに――もう嫌だ。

「ただいま」

あたしは家に帰ると、制服のブラウスのボタンを一つだけ緩める。……そう、いまのあたしは制服を着ている。昨年で小学生は終わり、今年からあたしは中学生になったのだ……と言っても、まだ今月入学したばかりだけど。

それでも、いよいよ本格的に子役とは名乗れなくなってしまった。

……いや、それ以前にもう役者と名乗っていいかもわからない。

役者として復活すると意気込み、小学四年生から小学六年生までの三年間。

ひたすらオーディションを受け続けた。

もう何回受けたかわからないくらい受けて、受けて、受け続けた。

結果――あたしは、たったの一つも受からなかった。

小学五年生に入ってからはモブ役の仕事すらなくなって、どんな小さな役のオーディションでも受けたけど、それでも受からなかった。

練習は吐くほどした。手なんて一度も抜いてない。この三年間、役者としてまた活躍す

ること以外、何も考えなかった。

でも……ダメだった。

それどころか、オーディション中、オーディション後に、こっちの想いなんて考えもせずに容赦ない言葉を浴びせてくる人もいて……いや、これ以上思い出すのはよそう。

こんなの、ただ辛くなるだけだから。

それにあたしは、まだ役者として再び活躍することを目指しているんだ。

中学生になっても、演技の練習はしているし、オーディションも変わらずに受け続けている。今日も学校が終わってから、そのまま沙織さんの演技指導を受けてきた。

だって、ママがまだあたしに期待してくれているから。

それがある限り、あたしはいつまでもまた役者として活躍することを目指し続ける。

「あらおかえり、咲」

リビングに入ると、出迎えてくれたのはママだった。

小学生の時は沙織さんの演技指導室がある『アイリス』までママや友香っちに送り迎えしてもらっていたけど、中学生になったあたしはもう電車を使って一人で通っている。

自宅の最寄り駅から一駅で、そんなに遠くないし。

「今日も演技の練習をしてきて疲れたでしょう。お風呂沸いてるから、先に入ってきちゃいなさい。それから晩ご飯にしましょう」

「うん。ありがとうママ」

あたしはお風呂に入るためにリビングを出ようとする。

——が、ドアノブを掴んだ瞬間、ママがあたしを呼んだ。

「ねえ咲。前に受けたオーディション、どうだった？」

訊かれた刹那、背筋に緊張が走る。何故ならあんまり訊かれたくないことだったから。

……だけど、あたしはゆっくりと振り向いて、ママの質問に答えた。

「その……ダメだったって。練習を見にきた友香っちに訊いて教えてもらったよ」

そう口では言ったけど、友香っちにわざわざ訊かなくても結果なんてわかっていた。

だって、そのオーディション中、あたしは審査員の一人に言われてしまったから。


『君の演技ってさ、なんか優等生みたいでつまらないね』


何が優等生みたいよ。才能がないって実力が足りないって、はっきり言えばいいのに。

「そう。またダメだったのね……」

結果を聞いても、いつもクールなママの表情は変わらない。

……けど、その声音はどこか悲しそうだった。

「で、でもねママ！　次こそは頑張るわ！　友香っちもよく言うの。挑戦し続けていたら、きっと良いことがあるって。だからね、そろそろ良いことがあると思うの！」

この三年間。苦しいことが多かった。……いや、苦しいことしかなかった。

でも、まだあたしは役者を諦めるつもりはないわ。

だって、ママがまだ期待してくれているもの。

ママのためにもう一度役者として活躍して、晴れ舞台に立つの。

そして仕事がなくなってからも、ずっと支えてくれたママに恩返しをするのよ。

そのためなら、あたしはどれだけ苦しんでも――。


「咲、役者はもう諦めましょう」

ポツリと呟かれた。まるで独り言のように。

一瞬、聞き間違いかと思えるほど、声が小さかった。けれど、不思議なくらいその言葉は耳に残っていて……。ようやく脳がそれの意味を理解した頃には、どうして？　なんで？　そんな考えが頭の中を埋め尽くした。そして――。

「あたし、お風呂入ってくるね」

そう伝えたあと、逃げるようにリビングから出た。

ドアを閉める時、隙間からママが見えたけど、俯いていて表情まではわからなかった。

あたしがお風呂から上がると、ダイニングのテーブルの上には晩ご飯が置かれていた。

今日はミートソースパスタ。あたしの大好物だった。

「咲、座ったら？」

ママはいつものクールな表情で促してくる。まるで、さっきまでのことは何もなかったかのように。あたしは椅子に座ると、フォークを手に取った。

なんだ、さっき聞こえたのはやっぱり聞き間違いだったのかもしれない。

そうだよね。ママがあんなこと言うはずないもん。

「それを食べ終えたら、ママと話をしましょう」

今までずっと期待してくれていたママが――。

「咲、聞いているの？」

役者を諦めろなんて言うはず――。

「咲、聞きなさい！」

ママが声を荒らげると、驚いたあたしは思わずフォークをテーブルの上に落とす。だって、今までママがこんな大きな声を出したことなんてなかったから。

「それを食べ終えたら、ママと話すの。いい？」

ママの視線は真っすぐこちらを向いていて、先ほどのように逃がしたりしないとでも言っているようだった。

「……別に今からでも良いわ、ママ」

「それだとご飯が冷めちゃうでしょ？」

「作ったママにはすごく悪いと思っているけど、どうしても先に話がしたいの。……ワガママ言ってごめんなさい」

「……わかったわ」

ママはあたしのお願いを聞いてくれると、あたしの正面に座る。

それからママはもう一度、さっきの言葉を言い放った。

「咲、役者は諦めましょう」

それに、あたしは暫く何も返すことができない。

ママには一番言われたくない言葉だった。だってママにそんなことを言われたら、これからあたしはどうすればいいの？　ママの期待に応えるためだけに、役者としてもう一度活躍しようって必死で頑張ってきたのに……。

だから、あたしはママに訊ねた。

「どうして？　あたしに才能がないから？」

「そうよ」

「実力がないから？」

「そうよ」

「どれだけ頑張っても、結果が出ないから？」

「そうよ」

あたしの質問に全て、ママはなんの躊躇いもなく答えた。

そして、これでわかってしまった。

あぁ、ママはもうあたしに一ミリも期待してないんだって。

あたしが役者として、もう一度活躍するなんて思ってないんだって。

「この時間なら、ちょうどやっているかしら」

ママはそう言うと、テレビを点けてチャンネルを変える。

映し出されたのは、昔から国民的に人気のある探偵ドラマだった。

カメラが切り替わるたびに、誰もが知っているような有名な役者たちが次々と現れる。

そして、その役者たちは自分に充てられた役になりきり——ううん、憑依しているかのごとく演技をしていった。

子役の頃はハッキリとわからなかったけど、今ならこの人たちがどれだけすごいのか理解できる。加えて、あたしにはどれだけ才能と実力が足りないのかも。

「咲はアレにはなれない。いいえ、アレになれるのは選ばれたごく一部の人だけなのよ」

ママは淡々とした口調で、事実を突きつける。

やっぱりママは、本気であたしに役者を諦めさせるつもりなのね……。

「聞きなさい、咲。これ以上役者なんて続けたって、絶対に良いことなんて起きないわ。必ず間違った人生を送ることになって、あなたは不幸になるの」

あたしはママの期待さえあれば、ずっと頑張ったのに……。

「だからね、これからは正しく生きなさい。よく勉強して、良い高校、良い大学に入って、良い仕事に就けるようにしましょう」

どれだけオーディションに落ちても。

どれだけ辛くなるような言葉を浴びせられても。

「これは咲の幸せのために言っているの。わかるわよね？」

今よりもっと、もっと頑張ったのに……。

「……わかったわ、ママ」

ママがもうあたしに期待していないなら、役者を続ける理由なんて――。

それから、あたしは今までの自分と決別するように――言った。

「あたし、役者を諦める」

◇◇◇

あたしが役者を諦めると伝えたあと、ママにパパから急に大雨が降ってきたけど傘を持っていないと電話があって、ママは最寄りの駅まで迎えに行った。

広い部屋に一人だけになった、あたし。点けっぱなしのさっきの探偵ドラマを放置して、ミートソースパスタを食べた。美味しい……けど、やっぱり少し冷めてるわね。

温め直した方が良いけど、今のあたしにはそんな気力すら起こってこない。当然よね。

小学四年生の頃からの三年間……ううん、五歳の頃から今までの七年間。

必死に頑張ってやってきたものが、なくなってしまったんだから。

……でも、もういいの。役者の仕事がほとんどなくなってから今日まで、ママの期待に応えるためだけに役者を続けてきた。

そもそも子役としての仕事が多かった時だって、ママに褒められたくて頑張っていた。

そんなあたしがママから期待されなくなったら、役者を続ける意味なんてない。

……だから、もういいのよ。

結局、冷めたままミートソースパスタを全て食べ終えると、食器を片付けてとりあえず自分の部屋に行こうとする。

沙織さんの演技指導で疲れたし、自分のベッドに横になって休みたい。

そう思いながらリビングを出ようとしたが、ふとテレビを見てしまった。

すると、探偵ドラマに女の子が登場していた。

小学校低学年くらいで、ちょうどあたしが人気だった頃と同じくらいの子。

正直な話、女の子の演技はあんまり上手(うま)くなかった。

……けれど演技をしているとき、彼女はなんだかとても楽しそうだったんだ。

そして、どうしてかあたしは女の子に引き寄せられるようにテレビの前に座った。

『探偵さん！　わたしのお願い叶(かな)えてよ！』

どうやら女の子は、主人公の探偵が営む探偵事務所に依頼しにきた子供という役みたい。

演技はあんまりだけど、顔はとても可愛(かわい)い。天使みたいだ。

最近のドラマでも全く見たことないし、きっとオーディションか何かで今回の役を勝ち取った無名の子役だろう。付け加えると、役を勝ち取れた理由の八割は容姿だと思う。

才能も実力もなかった元天才子役が言うのだから、間違いない。

『探偵さん！　わたしも役に立ちたいの！』

何度も思うのは失礼だってわかっているけど、やっぱり女の子の演技は上手くなくて。

それなのに彼女の演技からは強い〝何か〟を感じて、あたしはそれに惹(ひ)かれていた。

これは一体なんだろう……？

それから、あたしは女の子の演技ばかり見るようになって——。

『子供のわたしだって、やるときはやるのよ！』

ドラマの最終盤。ようやく、なんであたしが女の子の演技に惹かれるのかわかった。

とても単純なことだった。


女の子は演じることが、大好きなのだ。


たぶん彼女は自分が上手く演技しようとか、そういうことは考えていない。

純粋に演技が好きで、撮影中も好きなことをしているだけなのだろう。

だから彼女は演技をしている時、とても楽しそうに見えるんだ。

そして――それはあたしにはないもの。

何故なら、あたしはママに喜んで欲しくて、ママに褒められたくて、ママの期待に応えたくて、今まで役者として演技をしてきた。

ゆえに、あたしは自分とは違って、演じることが心の底から好きな女の子の演技に惹かれたんだ。……でも、こんなことに気づいたってしょうがない。

いよいよあたしには役者を続ける理由も、それどころか役者を続ける資格もないことがわかっただけだ。だってそうでしょ？

演じることが好きでもない人間が、これ以上役者を続けていいわけが――。

「っ！」

気が付くと、あたしの視界が歪んでいた。えっ、どうして……？

一瞬、戸惑ったが、頬に伝っているものに気づき触れて、理解した。

あたし、泣いているんだ。

しかも、涙はどんどん溢れてくる。どうにか止めようとしても、止まらなかった。

どうしてこんなに涙が出てくるの……？　それに、なんで今なの……？

ひょっとして、あたしはまだ役者を続けたいって思っているの？

ううん、そんなことない。ママから期待されなくなった以上、あたしには役者を続ける理由なんてないんだから。……そう。役者を続ける理由なんてないの。

理由なんて――。

「……そっか」

あたしはぽつりと呟いた。そして、今更ながらに理解してしまった。

どうやら、あたしは大きな勘違いをしてしまっていたみたい。

今までずっと、あたしはママのために役者を続けていると思っていた。

ママに喜んで欲しくて、ママに褒められたくて、ママの期待に応えたくて――あたしはドラマや映画に出て、演技をしているのだと思っていた。

子役としての仕事がなくなった時だって、ママのために役者としてもう一度活躍したいから、数えきれないほどのオーディションを受けたのだと思っていた。

どれだけ辛いことがあっても、どれだけ苦しいことがあっても、ママのためだから耐えられたのだと思っていた。

――でも、それは違ったみたい。

だって、気づいてしまったのだもの。

あたしはこんなにも――。

「あたしはこんなにも演じることが大好きだったのね」

結局、今日まであたしを支え続けてくれたものは、女の子と全く同じだった。

ただ演じることが大好きで、何かを演じるだけで楽しくて、もし自分の演技を好きになってくれる人がいたら、すごく嬉しくて心がポカポカになって――。

今日まで、あたしが役者を諦めずにいられた本当の理由はこれだったんだ。

「やっぱり、まだ役者を続けたいよ……」

……だけど、もう遅い。あたしはもう役者を諦めなくちゃいけないんだから。

ママとそういう約束をしてしまったから。

ママのことは今でも大好き。だからママを心配させてまで、役者を続ける気はない。

……いいえ、違う。あたしは恐(こわ)いだけだ。ママに逆らって役者を続けたいと伝えることが。今まで一度も逆らったことなんてなかったから……。

それに、もしママを上手(うま)く説得できたとしても、才能も実力もないあたしの演技では、きっと誰かを涙が出るほど感動させたり、誰かの視線を釘付(くぎづ)けにさせるほど魅了したりすることができない。それができないと今後あたしが役者として活躍することは絶対にない。

百回以上オーディションを受け続けて、知ったことだ。

あたしがこれ以上役者を続けても、また辛(つら)い目や苦しい目に遭い続けるだけ。

……だからあたしは、役者を諦めるの。

それでこれからはママに言われた通り、正しく生きるのよ。

よく勉強して、良い高校、良い大学に入って、良い仕事に就いて――。

「幸せになるのよ……」

未(いま)だに視界が歪(ゆが)む中、あたしはひどく情けない声を出した。

そしてこの瞬間、あたしは本当の意味で役者を諦めた。

約一週間後。休日にあたしは『アイリス』に向かっていた。事務所を辞める旨を伝えるためだ。もう役者を続けないなら、事務所に入っていたってしょうがない。

ママにも事務所を辞めるように言われたし。

ちなみに既にパパにも役者を諦めるって伝えたけど、パパは「そうか」しか言わなかった。ひょっとして、パパもあたしに役者を諦めて欲しいと思っていたのかな。

「咲ちゃん！」

事務所であるビルの中に入ると、エントランスにいた友香っちが駆け寄ってきた。

あたしが小学二年生の時に、二十代前半だった彼女も今やアラサー。

それなのに見た目は当時とほとんど変わらず、綺麗だった。

「友香っち、上の人に話は通してくれた？」

「うん、やっといたよ」

「……そう。ありがとう、友香っち」

友香っちにも、何日か前に辞めることは伝えていて、退所の手続きをするための色々をやってもらった。事務所を退所するにも「今日で辞めます」と伝えるだけってわけにはいかないから。これからあたしは事務所の契約担当や数人の上層部の人たちと話し合って、その最中に出された書面に名前を書いたりして、正式に事務所を辞めることになる。

　まあ仕事がないあたしなんて、あっという間に辞められると思うけど。

「じゃあ行こうか、咲(さき)ちゃん」

「……ええ」

　友香(ともか)っちの後ろについていくように、あたしは歩く。

　もうすぐ、あたしは大好きなことを諦める。

　あたしと友香っちは、事務所内に複数ある会議室の一室に入った。

　まだ誰も来ていないみたいで、とりあえずあたしは適当な椅子に座る。

　すると、友香っちが部屋のドアの内カギを閉めた。

「何しているの、友香っち。それじゃあ外から人が入ってこれなくなるでしょ」

「そうだね。誰も入ってこれないね」

　友香っちはそう返すと、テーブルを挟んであたしの正面の席に座った。

　何か様子がおかしい。それにカギもかけっぱなしだし……っ！

「友香っち、あんたまさか……」

「さてと、私と話をしようか。咲ちゃん」

友香っちはそう言って、笑みを浮かべる。

「……嘘つき」

「その通り。私は嘘つきだよ。だって、咲ちゃんが事務所を辞めるための準備とかなーんにもしてないからね。だから、ここにはだーれも来ません」

ふざけた言い方で説明する友香っち。このアラサーめ……。

「なんのためにこんなことするのよ。最後に嫌がらせでもしたいの？」

「嫌がらせかー。そりゃまあ嫌がらせもしたくなるでしょ。あんなに役者を頑張ってた咲ちゃんがさ、急に役者も事務所を辞めるとか言い出したんだから」

「っ！　まさか、あたしに役者を続けさせるためにこんなことしたの？」

あたしが訊くと、友香っちはまた笑顔を見せてくる。綺麗なのが余計に腹立つわね。

「言っておくけど、あたしは友香っちに何を言われても役者も事務所も辞めるわよ」

「それなら私は、咲ちゃんの退所の手続きの準備なんてしないから。職務放棄じゃ！」

「ぐっ……もうなんなのよ。どうしてそこまであたしに役者を続けさせたいの？」

あたしの質問に、今までふざけた感じだった友香っちが急に真剣な顔つきに変わる。

「それはね、今まで私が咲ちゃんにずっと励まされてきたからだよ」

「……励まされてきた？」

あたしの言葉に、友香っちはこくりと頷く。続けて、彼女は話した。

友香っちが『アイリス』に入って一年目の時。デビューしたてだったあたしや他の芸能人含め、彼女は複数人のマネージメント業務を担当していた。

しかし新人には仕事量が多く、ロクに寝れない日が何ヵ月も続くこともあったという。

正直、何度も辞めようかと思ったらしい。

しかし役者という仕事とちゃんと向き合って、一切手を抜かず、努力も惜しまない、そんな五歳の女の子に、友香っちは幾度となく勇気をもらっていた。

さらに、その女の子は今日に至るまでの約七年間。数多の苦しいことや辛いことがあったのに、それでも人前で弱音なんて一つも吐かず、自らの足で立ち続けた。

その姿に友香っちは尊敬の念すら覚えて、ずっと彼女を支えていこうと思ったという。

「咲ちゃんの演技を悪く言うやつらはみんな大バカだよ。だって私にとっては、咲ちゃんの演技はドラマの時でも！　オーディションの時でも！　練習の時でも！　いつだって、どの役者の演技なんかよりも最高なんだから！」

友香っちは話し終えると、少し泣きそうになりながら最後にもう一度美しく笑った。

まさか友香っちがそんな風に思ってくれていたなんて……すごく嬉しい。

でも――。

「それでもあたしは役者を辞める。友香っちだってわかってるでしょ？　あたしには演技の才能も実力もないのよ」

友香っちはあたしの努力している姿に励まされただけであって、あたしの演技に何かを感じたわけじゃない。演技の才能も実力もないあたしは、どう演じたって誰の心も動かすことができない。それでは役者としては、絶対にやっていけないの。

「そっかぁ……やっぱり私なんかの言葉じゃ無理かぁ……」

「……ごめんなさい」

あたしが謝ると、友香っちは首を横に振った。

「でもね咲ちゃん、まだ私は諦めないよ」

「友香っち。気持ちは嬉しいけど、あたしはもう……」

そう言っているのに、友香っちは全く聞かずに何かをテーブルの上に置いた。

仕方がなく、それを見てみると――っ！

「世界で一番の咲ちゃんのファンからのファンレター」

友香っちの言葉を聞いてから、あたしは自然とファンレターに手が伸びた。

ピンク色の封筒。裏には『乙葉依桜』と書かれていた。

「依桜ちゃん……」

ドラマや映画の出演がなくなってテレビ出演自体もほんの僅かになり、ほとんどのファンがあたしから興味をなくした。

それでも依桜ちゃんだけは、あたしにずっとファンレターを送ってくれる。

あたしがどんな時でも、ずっとファンでいてくれている。

「最後にこれだけ読んでみて。それでも咲ちゃんが役者を諦めるって言うなら、私も咲ちゃんを説得することを諦める」

「……うん。わかったわ」

封筒を丁寧に開けたら、四つ折りにされた便せんが出てきた。それもまた丁寧に開くと、その中にはいつもと同じようにぎっしりと文字が詰まっていた。

あたしはゆっくりとそれを読んでいく。

『綾瀬咲ちゃんへ。

咲ちゃんの大ファンの乙葉依桜です。中学生になってからは初めてのお手紙ですね。

今週の咲ちゃんが出演していた『もぐもぐ天国』見ました！

咲ちゃんはデザートコーナーでグルメレポートをしていましたが、とても素敵なレポートで、翌日すぐに私は咲ちゃんが食べていたイチゴアイスを買いに行きました！

お店が自宅から近くて良かったです！

あと咲ちゃんが可愛かったです！　とてもとても！　可愛かったです！』

ファンレターに書かれている『もぐもぐ天国』は毎週一回、休日の夕方に放送されている三十分のグルメバラエティ番組。その番組は数回のグルメコーナーで構成されていて、あたしはデザートコーナーで出演した。そのコーナーも別にレギュラーとかではなく、数週間に一回の交代制。それなのに依桜ちゃんはあたしが出番の時、必ず見てくれる。

でも何このファンレター。途中から、あたしが可愛いばっかりじゃない。

依桜ちゃんって頭良さそうなのに、結構こういうこと書いてくるのよね。

そう思いつつも、依桜ちゃんのファンレターはすごく、すごく嬉しかった。

同時に、役者としての姿を見せられていないことに、とても申し訳なく感じた。

――しかし次の行から、少しいつもと違ったことが書かれていた。

『ここで少し話が変わってしまいますが、ちょっとだけ私の話をさせてください。

私は子供の頃、実はとある理由で毎日が楽しくありませんでした。

いいえ、楽しくないどころか苦しかったんです……。

でもある日。偶然にも、咲ちゃんのデビュー作のドラマがテレビに流れていました。

咲ちゃんの演技を見て、子供ながらにとても感動したことを私は今でもはっきり覚えています。同い年なのにこんなにキラキラした子がいるんだ、眩しいな、良いなぁって。

同時に私はこうも思いました。咲ちゃんの演技には簡単には言い表せない〝強さ〟があるように見えて……カッコいいなって。

それから私は一瞬で、咲ちゃんのファンになりました。大ファンになりました！

そして、それがきっかけで私は苦しかった毎日が変わって楽しくなったんです！

詳しいことを話してしまうと、少し暗い話になってしまうので止めておきます。

でもとにかく、私は咲ちゃんのおかげで救われたんです！

だから咲ちゃん、ちゃんと覚えておいて欲しいです。あなたに――あなたの演技に助けられた人が少なくとも一人いるってことを。

最後に、どうか咲ちゃんも元気を出してください。

乙葉依桜より』

あたしはファンレターを読み終えた後、便せんを綺麗に折りたたんで封筒に戻した。

後半の内容、あたしの演技に対して想っていることを伝えてくれたのは、ものすごく嬉しかった……けど、ちょっと驚いた。依桜ちゃんにも苦しかった時期があったなんて。

続いて、あたしは友香っちのことを見る。

「ねえ友香っち。依桜ちゃんに何かした？」

「そ、そんな怖い目しないで。私は咲ちゃんから事務所を辞めるって言われてから、依桜ちゃん宛てに手紙を出しただけ。最近咲ちゃんが元気ないから、元気が出るようなファンレターをくれないかって。咲ちゃんが役者を諦めることを止められるのは、依桜ちゃんだ

「読んでないからどんな内容か知らないけど、咲ちゃんの大ファンの依桜ちゃんなら元気ないって言葉だけで、いまの咲ちゃんがどんなことを考えそうか、ある程度わかったんじゃない？　咲ちゃんはここ二年くらい、ドラマにも映画にも一切出てなかったし」

友香っちは軽い口調で、そう言ってくる。ぐっ……丸二年ほどドラマも映画も出てないとか。さらっとひどい現実を突きつけてこないでよ。

「それで咲ちゃんはどうする？　依桜ちゃんからのファンレターを読んで、それでも役者を諦める？　それとも続けるの？」

「……そうね」

あたしには演技の才能も実力もない。努力したってなかなか結果に結びつかない。というか、小学四年生の時から今日までに至っては、一度もない。

……でもそんなあたしの演技でも、救われたって言ってくれるくらい心を動かしてくれた人が一人でもいるなら、あたしにもコンマ数パーセントくらいは役者としての可能性が残っているかもしれない。

正直、そんな目に見えなくて限りなく小さなものだけを頼りに頑張るのが恐い。苦しい目にも辛い目にも遭うのが恐い。

けれど、それ以上にあたしは僅かでも役者としての可能性が残っていることに喜びを感じているのだから、やっぱりどうしようもなく演じることが好きなんだろう。

「もう少しだけ、頑張ってみようかしら」

あたしが小さい声で言うと、ガバッと友香(ともか)っちが抱きついてきた。苦しい……。

「……良かったぁ」

友香っちは心底安心したような声を出した。こんなに心配してくれていたんだ。

もう。そんなことされると、あたしも泣きそうになっちゃうじゃない。

「そういえば友香っち。ありがとね」

「？　何が？」

「子役の仕事がほとんどなくなってから、どんな小さな番組でもあたしを出演させてくれて。それがなかったら今頃、あたしはとっくに事務所をクビになっていたもの」

「私はこれでも敏腕マネージャーだからね。あれくらい咲(さき)ちゃんのためなら当然だよ」

「あともう一つ。あたしに役者を諦めさせないようにしてくれて、ありがとう」

あたしが心からお礼を言うと、次の瞬間、友香っちはわんわん泣き出した。

大人なのに泣き過ぎよ……。まったく、どっちが年上なのかしら。

「友香っち、また死ぬ気で頑張るから友香っちも死ぬ気でサポートしてくれるかしら？」

「うん！　うん！　もちろんだよ！」

友香っちは涙を拭って、何度も頷く。その後、今後あたしの役者の仕事に繋がる今までより大きな仕事も探すと言ってくれた。あたしには本当に良いマネージャーがいるわね。

「あとはママね。説得できるかしら？　……正直、自信ないわね」

今まで一度も逆らったことがないし、そもそもママが誰かの意見を聞いたところなんて見たことない。ママを説得できなかったら、それはそれで事務所を辞めさせられそうね。

「最悪、ママに隠しながら役者としてまた活躍できるように頑張って、結果が出てからママにはちゃんと話すわ」

「……そうだね、そうするしかないか」

「でも、ママを説得できなかった場合の問題は事務所よね。ママに『アイリス』を辞めてきなさいって言われてるし、在籍したままだと色々とすぐにバレちゃうわ」

「それは……うん、大丈夫。たったいま秘策を思いついたから。敏腕マネージャーの私を信じてくれたまえ」

「わかったわ。ママの説得が無理そうだったら、事務所の件は友香っちに頼るわね」

それに友香っちは「任せなさい」と胸をポンと叩いた。本当に大丈夫かしら？

「あっ、それとね。頑張るからには目標が必要だと思うの」

「目標……？」

「そう。目標」

そして、それはあの時と同じだ。

「あたしの目標はね、大女優になることよ！」

恥じることなく、堂々と、あたしは言ってみせた。

誰もがあたしの演技を一目見ただけで、あたしのことが大好きになる——大女優。

あたしの才能と実力では、到底無理かもしれない。

それでもやっぱり、あたしは自身が理想とする大女優になりたい。

……でも、今回はママに褒められたいからじゃないわ。

あたしが演じることが大好きで、心の底からなりたいから目指すの。

そのために、これからあたしは文字通り死んでもいいくらい頑張る。

何もないあたしには、そうすることしかできないから。

見てなさい。才能も実力もある役者たち。

何もないあたしにだって、あんたたちに追いつけるってことを見せてやるわ。

そうして、あたしは今度こそ大女優になるんだから！

幕間

私は医者の父、弁護士の母の間に生まれた。

当然、お父さんもお母さんもとても頭が良い。こんなことを言ったら嫌われるかもしれないけど、私の家庭はお金持ちだ。家は大きいし、家政婦さんは住み込みで常にいる。だから両親は、娘が自分たちと同じ優秀な人間に育つように、大金をかけて一流の家庭教師を何人も雇い、五歳の頃から毎日一日中、私に勉強をさせた。

正直すぐにでも逃げ出したかったけど、お父さんとお母さんはものすごく厳しくて、怒ったら死ぬほど恐い。対して私はものすごく気が弱い性格だから、勉強を止めたいなんてとても言い出すことができなかった。

結局、勉強ばかりの生活が続いて、私は苦しかった。信じられないくらい苦しかった。

……でも同時に、どこかで正しいとも思っていた。何故なら、小学校に入学すると同級生の中で私は常に一番頭が良くて、もっと言うと一つ上の学年の子よりも遥かに頭が良かった。医者と弁護士の遺伝子を見事に引き継いだのか、私は嫌いなのに他の子とは比べ物にならないくらい勉強が得意だったのだ。それがわかった瞬間、私はこのまま勉強さえしていれば幸せな人生を歩めるんだろうな。子供ながらになんとなくそう感じていた。

苦しいけど、正しい。正しいなら仕方がない。

そもそも両親は一度、子供の人生を歩んできているんだ。彼らは子供の人生の正解を知っている。だから彼らの言うことに逆らう意味なんてない。

そう思うようにして――両親に歯向かわない、何でも言う通りにする〈優等生〉として苦しみながら日々を過ごした。

きっと人生って……〝生きる〟ってこういうことなんだって。

――でも、ある日のことだった。その日も家庭教師が来ていて三時間の勉強をしてから、十分間の休憩中、お手洗いを終えたらリビングから聞き慣れない声がした。

お父さんとお母さんは、私の教育に力を入れているにも拘わらず、いつも仕事ばかりで家にはほとんどいない。何日も帰らないなんてことは日常茶飯事で、帰ってきてもすぐにまた仕事に戻ってしまう。

だから久しぶりにお父さんかお母さんが帰ってきたのかと気になって、リビングを覗いてみると、家政婦さんが仕事をサボってソファに寝転びながらテレビを見ていた。

私に気づいた家政婦さんはマズイ！みたいな顔をしたけど、私は彼女のことは一瞬気にしただけで、すぐに興味はテレビ画面に移っていた。

それにはドラマが映っていて、聞き慣れない声の正体は役者の声だったみたい。

その時、ドラマには私と同い年くらいの女の子が登場していた。

「一緒に見る？」と不意に家政婦さんが訊いてきて私は迷った。勉強しないといけないし、もしお父さんたちにドラマを見ていたことがバレたら、絶対に怒られるって思って。

でも、家政婦さんは迷っている私の手を引っ張って、自身の隣に座らせた。

「大丈夫。何か言われたら、私がフォローするからさ」

家政婦さんに言われて、私は彼女と一緒にドラマを見ることにした。

あとから知ったことだけど、ドラマのタイトルは『お父さんはヒーロー』というホームコメディドラマで、一年くらい前に放送した作品の再放送。

私と同い年くらいの女の子は、職業がヒーローのお父さんの娘役だった。そして、これもあとから知ったことで『お父さんはヒーロー』は女の子のデビュー作だったらしい。

『お父さんってヒーローなのに、なんか弱いしカッコ悪いね』

女の子が演技をしている。私は今までドラマは知っていても実際に見たことは一度もなくて、最初は「この子、演技上手だなぁ」くらいにしか思ってなかった。

『どんなに弱くてカッコ悪くても、わたしはお父さんにヒーローを続けて欲しいの！』

でも、女の子の演技を見ていくうちに、段々と彼女がキラキラして見えて。

けれど、背後に激しい炎が燃え上がっているような〝強さ〟も感じた。

なんか私とは正反対で……すごくカッコいいなって思った。

そんな彼女に、私は明らかに惹かれ始めて――。

『お父さんは最高のヒーローだよ！』

気が付いたら、最後には女の子の大ファンになっていた。

エンディング中にキャストを見ると、女の子の名前は『綾瀬咲』と書かれていた。

読み方がわからなくて家政婦さんに訊いたら『あやせさき』と読むみたい。

ついでに家政婦さんは、咲ちゃんが天才子役と騒がれている女の子だと教えてくれた。

そのタイミングで全然戻ってこない私を探していた家庭教師がやってきて、すごく怒られた。でも家政婦さんが上手く説明してくれて、お父さんたちにはバレずに済んだ。

家政婦さんは他人を騙すのが上手いらしくて、だから時々仕事をサボっていることも全然バレないんだって自分で笑っていた。……けど「私にはバレたよ？」って言ったら、彼女は「確かに！」ってもっと笑った。それから私は大ファンになった咲ちゃんが出演しているドラマや映画を、可能な限り全部見ることにした。

幸いなことに家政婦さん――香織さんは優しい人だから、一日の勉強が終わったあとに咲ちゃんが出ているドラマを見ることを許してくれた。なんなら香織さんも一緒に見ていた。そうして私はずっと咲ちゃんの大ファンとして、咲ちゃんのことを応援し続けた。

咲ちゃんが出演しているドラマや映画のチェックはもちろん、他のバラエティ番組とかも彼女が出ていたらチェックするようになった。

ファンレターも沢山出した。咲ちゃんのファンになりたての頃は、自分の気持ちを伝えるのが恥ずかしくて書けなかった。でも香織さんに勧められて、私の気持ちがちゃんと伝わるように一生懸命書いた。だから咲ちゃんが全部読んでくれていたら嬉しいな。

そんな咲ちゃんを応援し続ける日が続いて、私は毎日がとても楽しくなった。

勉強は辛いけど、咲ちゃんもドラマ撮影とかを頑張っていると思うと私も頑張れた。

そうして咲ちゃんの大ファンとしての日々を送っていると、私は少しずつ彼女に憧れを抱くようにもなっていた。

咲ちゃんはいつだって眩しいくらいキラキラしていて、でも良い意味で女の子とは思えないくらいカッコいいところもある！　特に演技をしている時が一番カッコよくて、私も咲ちゃんみたいなカッコいい役者になりたい！ってよく思う。

……だけど、気が弱い私には絶対に無理だ。まずお父さんとお母さんに役者になりたいって、自分の気持ちを伝えることが絶対にできない。

だから、これからも私は目一杯、咲ちゃんのことを応援する！

小学二年生の時、私は自分の気持ちにそう整理をつけた。

〈優等生〉の私にはできないことをしている彼女を、全力で応援するの！

でもそんな矢先、咲ちゃんは少しずつドラマや映画の出演が少なくなっていった。

その二つよりはまだマシだったけど、バラエティ番組とかも出番が減っていった。

そうして月日が流れて、私が中学生になった頃。咲ちゃんはドラマや映画では一切見なくなって、テレビ出演自体もごくわずかになっていた。

いまはたまにバラエティ番組の数分のワンコーナーに出ているくらい。

それでも私は咲ちゃんが出演する番組は必ず見て、ファンレターも送り続けた。

本当はもっと咲ちゃんが見たいと思ったし、彼女が役者として演技しているところはもっともっと見たいと思った。

でも、きっと咲ちゃんも苦しみながら、もう一度役者として頑張ろうとしているはず。

あれほど素敵な演技をする人が、そう簡単に役者を諦めようとするはずないから。

とにかく私は咲ちゃんのことが大好きだから、彼女のことを応援し続けた。

そうして、私が中学生になったばかりの頃のある日。

その日の勉強を終えると、香織さんが私宛ての手紙を渡してきた。お父さんとお母さんが家にほとんどいない分、自宅に届く物の管理は全て香織さんが行っている。

私は渡された手紙を見てみると、なんと咲ちゃんが所属する芸能事務所――『アイリス』からだった。手紙を書いた人は咲ちゃんのマネージャーさんで、咲ちゃんの元気がないからとびきりのファンレターを書いて欲しい、とのことだった。

わざわざマネージャーさんから手紙が来るなんて……ひょっとして咲ちゃんは役者を辞めたいって思ってるのかな。手紙を読んだ直後、そんな考えが頭を過った。

もしこの考えが当たっていたら、私は絶対に咲ちゃんに役者を辞めて欲しくない。

だって、両親に言われるがまま勉強するだけだった私の日々を、咲ちゃんの演技が美しく色付けてくれたんだから！

それから私は今までより何倍も何十倍も、私の気持ちが伝わるように全力でファンレターを書いた。私が咲ちゃんの演技に救われた話も添えて。

咲ちゃんにファンレターを出してから、一週間後。自宅にまた『アイリス』から私宛ての手紙が届いた。またマネージャーさんからかな？と思って手紙の封筒を開けると、書いた人は――咲ちゃん⁉

声が出ないほどびっくりした。だってあの咲ちゃんから手紙が届くなんて！

私はちょっと震えた手で、封筒に入っている便せんを手に取って開く。

それには咲ちゃんらしい言葉が書いてあった。

『ありがとう！　これからあたしは大女優になるから、ちゃんと見てなさい！』

たった一行。たったこれだけ。でもこの手紙を読んで、私はほっとして一人で泣いた。

咲ちゃんが役者を辞めてしまわないか、本当に不安だったから。

そして、こう思ったんだ。

これからもずっと咲ちゃんの大ファンでいようって！

もう少しだけ、役者として活躍できるように頑張ろうと決めたあの日から二年後。

あたしは中学三年生になっていた。

ママの説得は……まあどうにかして、この期間にあたしはオーディションを百回以上受け続けた。結果は、情けないことに全て不合格。今まで通りオーディション中やオーディション後、審査員に厳しい言葉を浴びせられることも数多くあった。

だけど、あたしは吹っ切れたのかそれとも色々慣れてしまったのか、どれだけオーディションに落ちようが誰に何を言われようが次も頑張ろう、と自然に切り替えられるようになった。……まあ切り替えられるようになっても、オーディションに落ちてたら意味ないんだけどね。あたしはそんな感じで役者としてまた活躍できるように日々を送っていた。

「次のオーディションは三日後ね」

十月初旬。中学三年生の後半に差し掛かったところ。あたしは机の上に置いてあるミニカレンダーを見ながら、呟(つぶや)いた。すると女子が一人、あたしに近づいてくる。

「綾瀬(あやせ)会長、この資料の確認をお願いします」

「ええ、わかったわ」と彼女から資料を受け取ると、あたしはすぐに確認する。

……で、なんであたしが会長なんて呼ばれているかというと、あたしが通っている中学校――羽ケ丘中学校で生徒会長をやっているからだ。

役者として復活したいくせに生徒会長をやってていいのか、と訊かれたら、良くないしあたしだって生徒会長なんてやりたくない。でも、これはママに言われたことだから。

実は二年前――依桜ちゃんのファンレターを読んで、役者としてちゃんと花を咲かせようと決意してから、あたしはすぐにママを説得しようとした。

――が、既に説得なんてできるような状況じゃなかった。ママは過去にあたしが出演したドラマや映画の台本、演技を磨くために揃えていたあらゆるドラマや映画のディスクを全て処分していた。代わりに用意されたのは、数えられないくらい大量の参考書。

この時、あたしはママの説得は無理だと悟った。むしろ、あたしが役者を諦めたくないなんて言い出したら、もしかしたら殺されるんじゃないかとも思った。

だから、その日からあたしはママが望むような優等生を演じつつ、こっそり役者として復活できるように頑張ろうと決めたの。

だけど以前、優等生みたいな演技だと言われてオーディションを落とされたあたしが、日常で優等生を演じることになるなんて。なんとも皮肉な話ね。

運が良いことに、あたしはそれなりに地頭が良い方だから、ちゃんと勉強してさえいれば試験は良い成績を残せた。ママは最初あたしを塾に通わせるつもりだったみたいだけど、それだけは好成績を取ることで阻止した。塾なんて通ったら、まともにオーディション受けたりとかできなくなるからね。

そうして優等生として過ごしていく中で、急にママが「進路に有利になるから、生徒会長になりなさい」と言ってきた。加えて「もしなれなかったら、代わりに冬休みだけ家庭教師を付けるわ」とも。冬休みは学校がない分、オーディションがより多く受けられるから、家庭教師に時間を取られるわけにはいかなかった。

だから、あたしは生徒会長選挙に出たんだけど、こっちも運が良いことに何故かあたしを支持してくれる人が結構多くて、さして苦労もなく生徒会長になることができた。

子役だったあたしのファンが沢山いたとかじゃない。そもそもあたしが子役だったことを知っているのは、同じ小学校出身でクラスメイトだった生徒たちの一部だけだし。

その生徒たちもあたしが人気を博していた頃は「咲ちゃん、すごいね！」とやたら騒いでいたのに、仕事がほとんどなくなってからは誰一人話しかけてこなくなった。

……こう考えると、どうしてあたしって生徒会長になれたのかしら？

ちなみに『アイリス』には継続して在籍しており、クビにならないためにテレビ関係の小さな仕事をちょっとやっている。やっぱり事務所に所属していると友香っちから、いつになんのオーディションがあるのか素早く知ることができるし。

事務所向けにしか公表しないオーディションとかもあったりするから、事務所に所属している方がフリーより受けられるオーディションの数が若干多い。

ママには「少しでも芸能活動をやっていたら、今後高校や大学の推薦試験、就職の時にだって使えるアピールポイントになると思うの」と説明した。これは友香っちが教えてくれたママを説得できなかった時に『アイリス』に残るための秘策だ。

そしたらママは『役者の仕事は絶対にしない・勉強に支障が出ない程度』を条件に、あたしの『アイリス』の在籍を許してくれた。

「咲、仕事終わったか？」

あたしがちょうど資料の確認を終えると、生徒会室に男子生徒が一人入ってくる。

ムカつくけど顔はイケメンに分類されるくらいにカッコいい。ムカつくけど。

「いま終わったけど……どうしたの、篤志（あつし）」

あたしは確認が終わった資料を片付けたあと、訊（たず）ねた。

篤志はなんと生徒会の副会長だ。ちなみに他の生徒会メンバーはもう帰っていて、生徒会室にはあたしと篤志しかいない。

「こっちの仕事も終わって今日は部活もないから、良かったら一緒に帰ろうぜ」

篤志は自然と誘ってきて、その姿は子供の頃とは大違いだ。……なんか腹立つわね。

「……わかったわ。このあと演技指導を受けるから事務所に行く途中までね」

「おう、ありがとな！」と篤志はニコッと笑う。本当に昔の面影はどこに行ったのよ。

そう。あのへなちょこだった篤志は中学に入ってから劇的に変わっていた。

「設営作業、めっちゃ疲れたわー」

篤志と一緒に帰っていると、彼は腕を上にぐーんと伸ばす。

「明日の全校集会のやつでしょ？　運動部のくせにダサいこと言わないで」

「ダサいって……辛辣だな」

篤志は苦笑しながらずっとあたしの隣を歩く。一丁前に歩調を合わせちゃって……。

「そういえば、今日も女の子に告白されたみたいじゃない。おめでとう」

「なんで祝うんだよ。普通に断ったし」

「また断ったの？　せっかくモテまくってるのに、欲張ってると痛い目見るわよ」

「そういうわけじゃねーよ。ただ自分の理想のやつ以外とは付き合う気にならんだけだ」

「あっそ。人見知りで、あたし以外とまともに話すことすらできなかったあの篤志が随分と偉くなったものね」

篤志は本当によく変わった。中学校に入ると、まず髪をかっこよくして、次にあたし以外の人と話すようになって、次にバスケ部に入って。

あたしから誘わないと一緒に帰ることすらできなかった頃とは、ほとんど別人だ。

「ねえ篤志。なんで副会長になんてなったの？　部活もあるのに大変でしょ？」

「咲に言われたくねーよ。役者のオーディションとかそのための練習とか、あとテレビ番組の仕事と勉強もしなくちゃいけないだろうし。そっちの方がすげぇ大変だろうが」

心配そうな口調で言ってくる篤志。

あたしがママに正しく生きるように言われても尚、役者としてもう一度活躍するために色々していることを彼は知っている。あたしが全部話したからね。

……でも、あたしが一度役者を諦めようとしたことは明かしていない。あたしが子役でデビューしてからずっと応援してくれている彼に、余計な心配はかけたくないから。

だけど！　篤志をあたしのファンとは認めてないからね。今のところあたしのファンは依桜ちゃんだけよ。篤志はファンというより、もっと……ううん、なんでもない。

「副会長になったり、バスケ部でもエースでキャプテンらしいじゃない。本当に篤志って変わったわね」

「それは、まあ……変わらないといけない理由があったからな」

篤志は少し真剣な物言いで言った。変わらないといけない理由？　何かしら？

少し気になって訊こうとすると、篤志がチラチラとこっちを見ていた。

まるであっちも何かを訊きたがっているみたいに。……しょうがないわね。

「先週に受けたオーディションは落ちたわよ」

「っ!?　な、何も訊いてねーだろ」

「訊きたそうにしてるのがバレバレなのよ。その辺は昔と同じでへなちょこね」

「オーディションどうだった?　なんて気軽に訊けねーよ。あとへなちょこ言うな」

篤志はそう言い返してから、優しい口調で続けた。

「まあでも大丈夫だよ。咲の演技のすごさにアホな野郎どもが気づけてないだけだ。すぐに見る目があるやつが現れて、咲はドラマや映画にバンバン出られるようになるさ」

そんな篤志の言葉は嬉しいけど、あたしは知っている。

見る目がある人たちだから、あたしはオーディションで落とされているんだって。

それでも、あたしはもう役者を諦める気なんてないけどね。

「大丈夫、咲は絶対に大女優になれる」

あたしが不安がっていると思ったのか、篤志が安心させるように強く言葉にした。

子供の頃にあたしが言ったことを、いつまでも覚えちゃって……。

それにそういうカッコつけたことを言うのなら、顔を赤くしないでよね。

「篤志、きもい」

「きも……!?」

「うん!　でもありがと!」

あたしが笑顔でそう言ってやると、彼はますます顔を赤くした。

変わったっていっても、やっぱり篤志はまだまだへなちょこね。

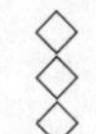

あれから、あたしは篤志と事務所までの道の途中まで一緒に歩いたあと、彼とは別れて予定通り沙織（さおり）さんの演技指導を受けていた。

あたしは今もずっと沙織さんから演技指導を受け続けている。

生徒会長をやっていても、練習量はほとんど変えていない。

演技指導の時間は、ママにはテレビ番組の仕事だったり図書館で勉強だったりと伝えてバレないようにしていて、オーディションを受ける時も同様の理由を使っている。

実を言うと、あたしが中学生になってすぐ、沙織さんは教え子がオーディションに落ち続けていることに責任を感じたのか、演技の指導者を変えてもいいと言ってくれた。

……けど、あたしは指導者を沙織さんから変えるつもりは全くない。

小学生の頃はよく理解してなかったけど、実は沙織さんは超有名な劇団──『獅奇劇団（しきげきだん）』で数多くの主演級の役を演じていたらしい。

元々、演技の指導者を目指していたため若くして舞台女優を引退したが、指導者としても実績は数知れない。つまり沙織さんが演技指導をしてダメなら、誰に頼んでもダメということ。それに沙織(さおり)さんは、どれだけあたしがオーディションに落ちようが見捨てることは絶対にしない。むしろ、より真剣に演技指導をしてくれる。

　本当にあたしにとって沙織さん以上の指導者は、この世にいないだろう。

「今日もお疲れ様。咲(さき)ちゃん。だいぶ演技が良くなってきてるね」

　練習が終わった後、沙織さんがそう声を掛けてくれた。

「沙織さん、お世辞はいいですよ。前回のオーディションも落ちちゃいましたし」

「お世辞じゃないよ。咲ちゃんの演技は本当に良くなってる」

「……そうですか？　だとしたら、沙織さんの演技指導のおかげです」

　実は中学一年生の途中から、沙織さんの方針であたしはどんな役の演技も練習するのではなく、自分の得意な役柄を見つけて、その役の演技を磨き続けることにした。

　簡単に言うと、正義の役と悪役があるとして、どちらの演技もできるようにするわけじゃなく、自身の得意な役を見定めて、その役の練習だけに集中するということ。

　以前までのあたしはどんなオーディションのどんな役でも、ひたすらに練習をしていた。

　けれど、それじゃあどの役も中途半端に上手(うま)くなって、才能や実力のある人たちには絶対に勝てない。だから沙織さんに提案されて、あたしは約二年かけて、自身の中で得意な役柄を見つけ、それに適した役をこれまで以上に練習してきた。

　そのあたしの得意な役柄っていうのは『感情をはっきりと表に出す女性』だ。

楽しい時は笑って、悲しい時は泣いて、そういう感情を素直に表現する女性があたしは演じやすくて、一番得意だと感じた。

オーディションはあたしの得意な役柄に当てはまっているものを、なるべく受けるようにしている。良い感じの役がないオーディションでも、ひょっとしたら何かの間違いで受かるかもしれないし、技術面で新しい発見があるかもしれないから一応受けている。

でも基本的には、あたしの得意な役柄に適したオーディションを受けまくっている。

そこまでしても、まだあたしはオーディションに落ちまくっているのよね。

「安心して。そのうち良い知らせが来ると思うよ。良い結果を残して、咲ちゃんのお母さんに役者を続けることを認めてもらおうね」

「……そうですね。そうなってくれたら嬉しいです」

沙織さんにも、ママのことは伝えている。そうしないと何かの拍子にママにあたしがまだ役者を諦めていないってバレちゃうかもしれないし。ママのことを伝えた時、正直、沙織さんには役者を諦めた方がいいと反対されると思っていた。だって元々、あたしが役者を続けることに否定的だったから。……でも逆に彼女は、ここまで来たらとことん協力する！って言ってくれた。本当に沙織さんは、あたしにとって最高の指導者だ。

「そういえば、また筒井さんから依桜ちゃんって子からのファンレターを渡されたわ」

「えっ、本当ですか！」

あたしの言葉に、沙織さんは優しく頷くと、傍に置いていたカバンから取り出した手紙を、あたしに渡してくれる。

ママにファンレターが見つかってしまうとあたしが役者を諦めていないことがバレてしまうし、ファンレター自体もどうなってしまうかわからないから自宅に持ち帰れない。

だから、いまは事務所で友香っちからファンレターをもらって、読み終わってから友香っちに直接返すと、彼女が大切に保管してくれる。……けど、友香っちが忙しい時は友香っちから沙織さんに渡って、沙織さんからあたしにファンレターが渡る。そして読み終わって沙織さんに返したら、後日沙織さんが友香っちに渡してくれるのだ。

「ありがとうございます」と沙織さんにお礼を言ってから、あたしは見慣れたピンク色の封筒を開く。中には、いつも通り文字ぎっしりの便せんが入っていた。

内容は、あたしが数分だけ出演した先週と今週放送された番組のこと。あたしが紹介したアクセサリーや簡単料理を、依桜ちゃんが買ってくれたり作ってくれたことが書かれていた。依桜ちゃんはあたしが紹介すると、なんでも買ってくれたり実践してくれる。

いつも思うけどなんかこれ、あたしが依桜ちゃんに営業してるみたいよね。

……けど、あたしのことが好きでやってくれていると思うと、素直に嬉しかった。

そして、ファンレターの最後には『咲ちゃんの素敵な演技が見られることをいつまでも楽しみにしています！　これからも頑張ってください！』と締められていた。

依桜ちゃんはあたしの心が折れないようにしてくれているのか、ファンレターに必ずあたしの演技を楽しみに待ってくれていることを書いてくれる。それもすごく嬉しい。

「ありがとう、沙織さん」

読み終えると、沙織さんにファンレターを返す。

依桜ちゃんのファンレターが役者を諦めそうになったあたしを救ってくれた時、友香っちに頼んで一度だけ返事の手紙を出したことがあるけど『アイリス』の上層部から問題になることがあるから、間接的でもファンへの無闇な接触は避けろと厳重注意された。

以降、あたしは依桜ちゃんのファンレターの返事は書いていない。もし注意を無視して『アイリス』をクビになったら、そっちの方が依桜ちゃんが悲しむと思うから。

「沙織さん、もう少し練習してもいいですか？」

「えっ、その……今日はもうだいぶ練習したけど、疲れてないの？」

疲れていないといったら嘘になるけど、依桜ちゃんのファンレターを読んだらもっとやらなくちゃって思った。それから再び沙織さんに頼んで練習時間を延長してもらった。

待っててね、依桜ちゃん。すぐに……とはいかないかもしれないけど、ゆっくりでも絶対にもう一度、依桜ちゃんにあたしが演じている姿を見せるから！

翌日。昼休みにあたしは生徒会室で昼食を食べていた。

理由は、さっきまで本日分の生徒会の仕事を片付けていたから。

今日は沙織さんの演技指導があって、開始時刻より早めに行ったらより多くの時間を指導してくれるので、放課後に仕事をしなくて済むよう昼休みに全て終わらせた。

「篤志まで、あたしの手伝いなんてしなくても良かったのに」

さらっと隣で昼食をとっている篤志に、あたしは言った。あたしが生徒会の仕事をやっていたら、どこから聞きつけたのか彼も生徒会室に来て手伝い出したのだ。

「何言ってんだよ。俺だって副会長なんだから、手伝うに決まってんだろ？」

「それは……まあそうかもしれないけど……」

気が付いたら、篤志が何かと助けてくれるから、なんかこう……篤志に迷惑をかけてるんじゃないかって思うのよ、とは言えない。……だって恥ずかしいし。

そんなことを思っていたら不意にあたしのスマホが鳴った。友香っちからの通話だ。

『咲ちゃん、咲ちゃん！　大ニュースだよ！』

通話に出ると開口一番、友香っちが騒ぎ出す。

「そんなに慌ててどうしたの？」

『咲ちゃんに、とても良いお知らせがあるの！』

友香っちは声を弾ませて言ってくる。良いお知らせ？　ってまさか……!?

「もしかしてオーディションに受かったの!?」

『えっ……ご、ごめん。そうじゃないんだけど……』

「そ、そうなの……。じゃあなに？」

あたしがもう一度訊くと、友香っちは少しテンション高めに話し出した。

『実はね、直近に咲ちゃんが受けたオーディションの話でね……』

直近のオーディション。たしかオーディション会場だったビルの隣に劇場があって、危うく劇場でオーディションを受けるのかと間違えるところだったのよね。

『結果は……まあダメだったんだけど、その時の審査員の蓮川さんって人が咲ちゃんの演技に興味を持ってくれたの！』

「あたしの演技に興味を……？」

『そうだよ！　咲ちゃんの演技は磨けば、必ず素晴らしいものになるって！』

友香っちが泣きそうな声になっていた。きっとあたしの演技を見てそんな風に言ってくれた人が、今まで一人もいなかったからだろう。かくいう、あたしも少し泣きそうだ。

だってほんの少しでも、あたしが目指す大女優に近づけた気がしたから。

けれど、こんなことで喜びに浸ってる場合じゃない。せっかく僅かでも希望が増えたのだから、これからもっと演技を磨かなくちゃ。あっ、でも沙織さんにはお礼を言わないと。

今回のことは、確実に沙織さんの演技指導のおかげだから。

『しかもね、この話はこれだけで終わりじゃないの！』

あたしが一人意気込んでいると、友香っちはそう言ってから続けて話した。

『咲ちゃんの演技を褒めてくれた蓮川さんが、数年前に劇団を立ち上げたみたいで、今度そこの入団オーディションをやるから受けないか、だって！　ちゃんとしたお金も貰えるプロの劇団だよ！　これは大チャンスだよ！』

「あたしの演技を褒めてくれた人が作った、プロの劇団のオーディション……」

友香っちが言った通り、これは大チャンスだ。

あたしに僅かでも期待をしてくれている分、今まで積み重ねてきたものをしっかりと発揮すれば、過去のオーディションより受かる可能性は少し高い。

でも、あたしにとってはこの『少し高い』が、大きなチャンスなんだ。それにプロの劇団に入ることができたら、ママに役者のことを認めてもらえるかもしれない。

「あたし、そのオーディション受けるわ！」

『だよね！　咲ちゃんなら絶対にそう言うと思って、もう受けるって伝えてある！』

さすがあたしのマネージャーね。あたしのことよくわかってるじゃない。

それから今後の予定を少し話し合ったあと、友香っちとの通話を終えた。

「何か良いことでもあったのか？」

通話の様子を見ていた篤志が訊ねてくると、あたしは声を弾ませて答えた。

「今度ね、劇団のオーディションを受けることになったわ」

「まじか!?　そりゃすげぇな!!」

篤志はそう言って喜んでくれる。こういうところは、昔から変わらないわね。

「受かったら、あたしは舞台役者よ。もしそうなったら篤志は――」

「見に行くに決まってんだろ！　百回くらい行くぞ！」

「……答えるのが早いわよ。あと百回は行き過ぎ」

演劇のチケットが一枚、いくらするかもわかってないくせに。

……でも篤志の真っすぐな言葉は、すごく嬉しかった。

「見てなさい、篤志。まず今度のオーディションに死ぬ気で受かって、そこからあたしは大女優への階段を上っていくわよ！」

「おう、咲ならイケるさ！　頑張れ！」

篤志に笑顔でエールを送られると、なんだか胸の中が温かくなった。

役者を諦めかけて、もう一回頑張ろうって思ってから、あたしは色んな人に支えてもらっている。篤志、友香っち、沙織さん……そして依桜ちゃん。

その人たちのためにも、今度のオーディションはなんとしても受かりたいな。

この時、あたしは心の底からそう思った。

――しかし数日後。最悪の事態があたしを待ち受けていた。

「ただいまー」

学校が終わって沙織さんの演技指導を受けたあと、あたしは帰宅した。

劇団のオーディションがあるから、より一層演技の練習に身が入った。おかげでまた練習を延長してしまった。

「おかえり、咲」

リビングに入ると、ママがソファに座っていた。

「遅かったわね。今日はお仕事だったのよね？」

「そうよ。バラエティ番組の仕事よ」

追加で練習をして帰るのが遅くなってしまったけど、ママには仕事で遅くなるかもしれないと伝えているから何も問題はない。

「晩ご飯は食べたの？」

「うん、食べてきちゃった」

練習が終わったあと、帰りにコンビニでおにぎりを一個だけ買って食べた。

当然、先にママにはメールで伝えている。ママが晩ご飯を作っていたら申し訳ないから。

ママには悪いけど、いまは晩ご飯を食べる時間さえ惜しいの。これから事前に渡された劇団のオーディションで使う台本を読み込まなくちゃいけない。

沙織さんの演技指導の時間に何度も台本のセリフの練習はしたけど、あたしがオーディションに受かるためにはそれだけじゃ足りない。自宅でも出来る限りのことはしないと。

それに試験も近いから勉強の量も増やさないといけない。少しでも成績が悪いと、ママに何を言われるかわからないもの。

今日はあまり寝る暇がなさそうね……。二時間くらいは寝れそうかしら。

「咲、ちょっと話があるの」

「ごめんママ。あたし、今から試験勉強をしなくちゃ」

一秒でも時間を無駄にしたくない、と思っていたあたしは、さっさと自分の部屋がある二階へ行こうとする。――だが、あたしが歩き出した瞬間、後ろに引っ張られた。

「……ママ？」

驚いて振り向くと、ママがあたしの腕を掴んでいた。しかも、かなり深刻そうな雰囲気。

……すごく嫌な予感がする。

「咲、あなたまだ役者をやろうとしているの？」

刹那、ママが衝撃の言葉を口にした。……なんでバレているの？

「そ、そんなわけないじゃない。あたしはもうとっくに役者なんて諦めたわ」

「本当に？　本当に諦めたの？」

ママは真剣な物言いで、問うてくる。そんなママは少し恐くて、まるであたしは首筋に鋭利な物を突き付けられている感覚だった。

「そ、そうよ。証拠に、あたしはママが言った通り、勉強を沢山して良い成績を残して……それに、生徒会長にもなっているでしょ？」

「そうね、咲はよく頑張っていると思うわ。だから言っているの。あなたは今のままで充分に幸せになれるのよ」

ママは切実に言葉にする。二年前、あたしに役者を諦めるように言って以降『咲は幸せになれる』『咲の幸せのために』というのが、ママの口癖になっていた。

と、とにかく！　ママをなんとか誤魔化して、この場を乗り切らないと！

「何回も言ってるでしょ。才能も実力もないあたしは役者なんてもう諦めてるのよ」

「……そう。自分から話すつもりはないのね」

ママは諦めたように言うと、自分のスマホを見せてきた。

画面には、あたしが新しいビルに入っていく写真。

これって、蓮川さんって人が審査員だったオーディションの時の……⁉

「この日は図書館で勉強するって言っていたわよね。それなのにどうして図書館から離れたこんな場所にいるのかしら？」

「そ、それは……いやママの方こそ、どうしてこんなところに……？」

「私は……少し用事があったのよ。それより咲がこんなところにいた理由、あなたが答えられないなら私が答えるわね。……調べてみたら、この日に写真に写っているビルで役者のオーディションがあったのよ。咲はそのオーディションを受けたのでしょう？」

ママはスマホで調べて、当日のオーディションの日程が細かく記載されているサイトをあたしに見せつける。紛れもなく、あたしが受けたオーディションのサイトだった。

これはもう言い逃れることなんてできない。完全に終わった……。

――でも！　まだあたしは諦めるわけにはいかない！

何故なら、役者を諦めかけたあたしを今でもずっと支えてくれる人たちがいるから。

そして何より、あたしは演じることが大好きだって気づいてしまっているからだ。

……バレてしまったものは仕方がない。今度はママを説得するしかないわ。

今までママに逆らったことなんて一度もなかったけど……やるしかない！

「ママ聞いて。あたしはね、子供の頃はみんなにチヤホヤされるし、ママにも褒められるから、っていうぼんやりとした理由で役者という仕事をしていたの。でもね、後になって気づいたのよ！　あたしは演じることが大好きなんだって！　だから――」

「ダメよ、咲。役者はもう諦めなさい」

「なんでよ？　どうしてそんなことを言うの？」

「これはね、咲の幸せのために言っているの」

「でも、最初にあたしを役者の世界に入れたのはママでしょ？」

「っ！　そ、それは……」

あたしの問いに、ママは言葉に詰まる。……少しママの様子がおかしい。

なんとなくだけど、これはひょっとしたらママを説得できるのかもしれない。

「お願いよ、ママ。あたしにもう一度役者として活躍する機会をちょうだい！」

「だからダメだと言っているでしょう！　とにかく役者はダメなのよ！」

ママは頑なに拒む。絶対に許さないという口調だ。説得できそうでも、さすがに真正面から役者をやらせて、だと難しそうね。それなら――。

「今度ね、劇団のオーディションがあるの。ちゃんとしたお金がもらえるプロの劇団よ」

「っ！　そ、そう……」

あたしが伝えると、ママは驚いたような反応を見せる。

「もしその劇団のオーディションに受かったら、またあたしに役者をやらせて欲しいの」

「受かったらって、プロの劇団のオーディションに？」

ママの質問に、あたしは強く頷いた。

これなら普通に説得するよりも、ママも少しは考えてくれるかもしれない。

「咲は、本気で受かるつもりでいるの？」

「そうよ。絶対に受かってみせるわ」

あたしは一切の迷いなく言い切った。そんなあたしのことを、ママは暫く真っすぐに見つめてくる。その時、ママが一体何を考えているのか、正直全くわからなかった。

「……わかったわ。一度だけチャンスをあげる。オーディションが終わるまでは無理に勉強もしなくていいわ」

「いいの？　ママ」

「その代わり、ダメだったら必ず役者を諦めること。これが絶対条件よ」

「ええ！　わかったわ！」

「もし破ったら、親子の縁を切るわよ」

「えっ……わ、わかったわ。約束は必ず守るわ」

あたしが驚きながらも言葉を返すと、そこであたしとママの話は終わった。

あたしは心の中で安堵する。とりあえず、すぐに役者を諦めなくちゃいけない事態は避けられた。まあ首の皮一枚、繋がったって感じだけど……。

あたしが大女優を目指せるか、それとも役者を諦めることになるか。全て、次の劇団のオーディション次第ね。……正直、厳しい戦いになることはわかっている。

それでもあたしは弱気になんてならないし、絶対にオーディションに受かるつもり。

大丈夫。あたしが死んでもいいと思うくらい自身の力を出し切れば、希望を持てるくらいには受かる可能性があるはず。必ず劇団のオーディションに受かって、ママにあたしが大女優を目指すことを認めてもらうんだから！

……だけどさっきママと話していたら、ママの様子がおかしかった時があったけど一体なんだったんだろう？　……って、こんなこと考えてる場合じゃないわね。

オーディションのために、今からコンマ一秒でも多く練習しなくちゃ。

ママから無理に勉強もしなくていいって言われているし、とにかくオーディションの日まで台本の読み込み、演技の練習に全てを捧げるの！

そして、あたしは絶対にオーディションに受かるのよ！

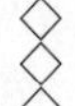

ママと約束を交わしてから、すぐに沙織さんと友香っちにも約束のことを話した。

二人ともびっくりしていたけど、沙織さんは練習時間をさらに増やしてくれて、友香っちはオーディションの日までの仕事を今後に支障が出ないように上手くキャンセルしてくれた。オーディションに集中できる状態で、あたしは文字通り死に物狂いで練習した。

もちろん今までも全力で練習には取り組んでいたけど、今回は本当に必死さが違う。

当然よね。オーディションの結果次第で、あたしは二度と役者をできなくなるかもしれないのだから。でも、だからこそ命懸けで練習をして、命懸けでオーディションに挑んで、絶対にオーディションに受かるの！

こんなところで、あたしの大女優への道を終わらせたりしないんだから！

「ああ、ロミオ様、ロミオ様。どうしてあなたはロミオ様でいらっしゃいますの？」

深夜。あたしは自分の部屋で、小さな声で台本を読み込んでいた。

劇団のオーディションで使われる台本は『ロミオとジュリエット』。

オーディションの受験者で女性が演じる役は、ジュリエットだ。

あたしがママにオーディションに受かったら役者を続けさせて欲しい、と提案したわけは、もちろん受かる可能性があると思って提案したのだけど、そう思った大きな理由にオーディションで演じる役が含まれている。

あたしが得意な役柄は『感情をはっきりと表に出す女性』。

そして、ジュリエットはその役柄にかなり近い。なにせ名家の名を捨ててまで好きな人と結ばれようとして、物語の終盤には好きな人のために仮死状態にまでなるのだから。

きっと蓮川さんって人があたしを劇団のオーディションに誘ったのも、あたしが演じやすそうな役がオーディションに使われているからっていうのもあると思う。

だからあたしはママに一見、無茶な提案をしたのだ。見てなさい、ママ。オーディションに受かって、いつものクールな顔を驚かせてヘンテコ顔にしちゃうわよ。

「……もうこんな時間か」

時計を見ると、朝の四時。……そろそろ寝た方がいいかしら。明日は学校があって七時には家を出ないといけないから、睡眠時間は三時間。オーディションの日に体調を崩していたら大変よね。そう思って、あたしは台本を机に置こうとする。

すると、机の上にはチョコレート色の可愛いヘアピン。

これは昨日、依桜ちゃんから送られてきたファンレターに入っていた物だ。

彼女にはオーディションのことは伝えていない……というか、伝える手段がないので伝えられていないのだけど、何故かこのタイミングで送られてきた。

ファンレターには、ずっと頑張り続けているあたしへのプレゼントだと書いてあった。

依桜ちゃん曰く、ヘアピンの尖った感じが、強そうであたしっぽいだって。

これって褒められているのかしらね。……でも、ものすごく嬉しい。

彼女はいつも大事な時に、あたしに勇気を与えてくれるのね。

「……もう少し練習しようかな」

その後、あたしは二時間練習をした。結局、一時間だけ寝て学校に向かった。

そうしてあたしは毎日、一日の大半をオーディションの練習に捧げた。

絶対にオーディションに受かって、劇団に入るんだ！

それから、あたしは誰もがあたしの演技を一目見ただけで、あたしのことが大好きになる——大女優を目指すんだ！

その気持ちだけを強く持って、日々を過ごした。

そして——劇団のオーディション当日を迎えた。

オーディション会場の控室にて。五十人以上の受験者の中から一定時間ごとに数人ずつオーディションに呼ばれていく。

今回のオーディションの目的は若手の発掘らしく、受験者はほとんど十代後半～二十代前半くらいだった。でも、たまにあたしと同い年くらいの子がいる。

その中から受かるのは、たった一人だけ。

「ああ、ロミオ様、ロミオ様。どうしてあなたは……やっぱり、ここはもっと――」

あたしは出番を待ちながら、ギリギリまでより良い演技を模索し続けていた。

今のままオーディションに臨んでも悔いはない。……でも最後の最後まであがいて、頑張りたい！　オーディションで、あたしは人生で最高の演技をしたいから！

「……ねえ」

「ああ、ロミオ様、ロミオ様……ここはもう少し――」

「……ねえねえ」

「ああ、ロミオ様！　ロミオ様！　どうしてあなたは――」

「こしょこしょ〜！」

演技の練習をしていたら、誰かに脇腹付近をくすぐられた。な、何!?

驚いて振り返ってみると、そこには白のパーカーを着た綺麗な少女がいた。

肌は白く、髪は茶色に染めて肩口あたりまで伸ばしている。

そして、あたしと同い年くらい。きっと、この子があたしをくすぐってきたのね。

「いきなり何をするの？」

「あのね、練習に必死なのはとっても良いけど、他人の邪魔しちゃダメだよ」

パーカー少女が指をさすと、すぐ隣に別の女子がいた。どうやらあたしは演技の練習に夢中になりすぎて、他人の練習スペースにまで侵入していたみたい。

「っ！　ご、ごめんなさい！」

謝ると、隣の女子は「全然大丈夫ですよー」と言ってくれた。

それからあたしは元いた位置に戻る。……しかし何故かパーカー少女もついてきた。

「あの……まだ何かあるの？」

「いや、特に何かあるってわけじゃないんだけど、君の演技って素敵だなって思って！」

「そ、そう。ありがとう」

「名前は？　教えてくれないかな！」

「えっ……あ、綾瀬咲」

「綾瀬さんの演技って素敵だね！　あっ、私は七瀬レナだよ！」

めっちゃテンション高く喋ってくるパーカー少女——七瀬さん。

この控え室にいるってことは、この子もオーディション受けるのよね。

どうして敵の演技を褒めるのかしら？　ひょっとしてあたし、舐められているの？

「他人の演技を気にするなんて余裕があるのね。オーディションに受かる気あるの？」

「あっ！　そのヘアピン可愛いね！」

「他人の話を聞きなさいよ！」

なんなのよ、こいつは。……はぁ、なんかいちいち相手するのも面倒ね。

というか、あたしはこんなよくわからない子と喋ってる暇なんてないのよ。

「あたし、練習したいのよ。用がないなら帰ってくれるかしら」

「そ、そうだよね！　なんか君の素敵な演技を見て、つい仲良くなりたくなっちゃった！　ごめんね！」

七瀬さんは両手を合わせると、すたたと自分がいた場所まで戻っていった。

悪い子ではないのかしら……？　よくわからないわね。

「あぁ、ロミオ様、ロミオ様。どうしてあなたはロミオ様でいらっしゃいますの？」

不思議に思っていたら、七瀬さんが演技をしていた。……なんか微妙な気がする。

「今日は練習だと調子出ないなぁ。人前に立ったらいつも通りできると思うんだけど」

七瀬さんは一人でそんなことを言っている。さすがに彼女よりはあたしの方が上だと思いたいけど……ううん、こんなこと思ってちゃダメ。あたしには才能も実力もないの。

このオーディションに呼ばれたのだって、奇跡みたいなものなのだから。

けれど、この奇跡をあたしはものにするのよ！

「依桜ちゃん、力を貸してね」と髪に着けてきたヘアピンに手を当てる。大丈夫、今日は全て上手くいくわ。数日後にはきっと合格の連絡が来るはず……よし、頑張ろう！

それから、あたしは自分の番が来る瀬戸際まで演技の練習をし続けた。

ほとんどの受験者がオーディションに呼ばれて、控え室に人がほとんどいなくなった時、いよいよあたしは関係者に呼ばれて、オーディション会場に向かった。

新進気鋭の劇団――『夕凪』。

あたしが今回、オーディションに受かったら入団できる劇団の名だ。

元々、脚本家と演出家で名を馳せていた蓮川明美さんが、地元に劇団を作りたくて、数年前に立ち上げたばかりの劇団。

蓮川さんが聞いたことない役者ばかりでやった方が面白いと言ったため、劇団員は無名の役者ばかり。しかし全員、蓮川さんが認めた役者たちばかりだから、才能も実力もちゃんとある。……もしあたしが『夕凪』に入ったら、場違いなのかもしれない。

それでも！　あたしはこの劇団に入りたい！　当然、ママとの約束もあるけど『夕凪』に入団できたら、あたしは大女優に大きく近づける気がするの！

だから、あたしは今日のオーディションで命懸けで演技をして『夕凪』に入るのよ！

「本日はよろしくお願いします！」

オーディション会場に入ると、あたしは元気よく挨拶をした。

演技以外で、余計な減点はされないようにしないと！

会場はおそらく普段は稽古場として使っているような部屋。無駄な物は一切ない。

「よろしくね～」「よろしく」

審査員の人たちが部屋の中央に三人いて、その内の二人が挨拶を返してくれる。

「久しぶりね、綾瀬(あやせ)さん」

そうして最後に挨拶を返したのは、蓮川さんだった。

「お、お久しぶりです。蓮川さん」

「おっ！　覚えててくれたのね？」

「は、はい。自分の演技を審査していただいた方々のことは全員覚えていますから」

「それはすごいね！　でも綾瀬さん、ちょっと緊張しすぎよ」

蓮川さんは笑っているけど、緊張するに決まってる。あたしはこのオーディションに全てが懸かっているのだから。……でも、大丈夫。今まで緊張が原因で演技が上手(うま)くいかなかったことは一度もないし、この緊張も演技する時に良い方に作用してくれるはず。

「じゃあ今日は頑張ってね」

「は、はい！　あ、ありがとうございます……！」

その後、あたしは並べられている椅子の一つに座る。今のところまだあたし以外、誰も来ていない。……いや、そもそも控え室に残っていたのが、あたしともう一人だけだったから、きっとここに来るのは——。

「今日はよろしくお願いします！」

ドアが力強く開かれると、さっきのパーカーを着た七瀬さんが入ってきた。

この子、パーカーを着たままじゃない!? ドアはうるさく開くし……マナーとか知らないのかしら？ おかげで審査員の二人がびっくりして挨拶を返せていない。

「おやおや。随分と元気のいい子が来たわね」

「今日がオーディション初めてなので、とにかく元気だけは出していこうかなって！」

七瀬さんは明るく笑う。元気は元気だけど、この場にそぐわない元気なのよ。

オーディションが初めてでも、それくらいわかるでしょ。

……この子、本当にオーディションに受かる気あるのかしら？

「なるほどね。まあ元気があるのは良いことよ。とりあえずそこに座って」

蓮川さんに促されて、七瀬さんは「はい！」とあたしの隣に座る。七瀬さんは入室してからずっと楽しそうに笑っている。……これ記念受験とか、きっとそんな感じよね。

そうじゃないとオーディションで、この緊張感のなさは、さすがに……。

蓮川さんも普通に対応しているように見えるけど、入室してから今までの七瀬さんの行為を見て減点しているはず。他の二人の審査員の人たちも、苦笑いしているし。

それから、蓮川さんが話し出す。

「私は蓮川明美。『夕凪』の団長をやっているわ。……で、早速で悪いけれど、演技の審査に移ってもいいかしら？」

「はい！」「……はい！」

蓮川さんの言葉に、二人して返事をする。

緊張がだいぶほぐれてきて、良い感じに集中力を高めてくれている。

これはすごく良い演技ができそう！　直感的に、あたしはそう思った。

「じゃあまずは……七瀬レナさんから」

「はい！　わかりました！」

蓮川さんに指名されて、七瀬さんが立ち上がる。……あたしが先じゃなかったか。

早くこの良い状態のまま演技したかったけど……仕方ないわね。

七瀬さんの演技が終わったあとに、あたしの最高の演技を見せるだけよ。

「演じる役はジュリエット。セリフは台本から自由に四つ選んで、演技してね」

蓮川さんから丁寧にオーディションの説明が入る。

これは事前に渡された資料に書かれていたものと全く同じ。

あたしも四つセリフを選んでいる。感情がもっとも出やすいセリフだ。

感情が出れば出るほど、あたしの演技は活(い)きると思うから。

「七瀬さん、いいかな？」

「はい！　大丈夫です！」

最後に蓮川さんが確認すると、七瀬さんは大きく頷(うなず)く。

「よし。じゃあ自分のタイミングで始めてね」

蓮川さんに言われて、七瀬さんは大きく深呼吸をする。

さっきまでニコニコしていたのに、急に真面目になったわね。

だけど、控え室での彼女の演技は至って普通だったし、そもそも今回が初めてのオーディションって言っていたから、そうそう上手くはいかないわよね。

あんまり酷い結果にならないと良いけど……。

その時だった——。


「あぁ、ロミオ様!! ロミオ様!! どうしてあなたはロミオ様でいらっしゃいますの?」


一瞬にして景色が変わった。

殺風景だった一室が、気が付くとキャピュレット家の庭園に変わっていたのだ。

二階の窓には、嘆くジュリエットの姿。その下には彼女が愛する人がいる。

七瀬さんが演技をした途端、鮮明にその光景が見えた。

同時に、全身が震えた。感動した、とかそういうレベルの話じゃない。

あたしの心が全て、彼女の演技に強奪されたような感覚。

声を出してはいけない。僅かな音も出してはいけない。

とにかく彼女の演技を邪魔してはいけない。

あたしはただ演技を見ているだけなのに、とてつもない緊張感に襲われた。

そして――たった一つのセリフだけでわかってしまった。

あぁ、これが〝天才〟なんだって。

もしかしたらドラマや映画によく出ている役者の方が、七瀬（ななせ）さんより上手（うま）いのかもしれない。けれど、彼ら彼女らとは別格の誰かを惹（ひ）きつける……うん、これはそんな優しいものじゃない。

誰かの心を奪い取る力が、七瀬さんの演技にはあった。

現に、あたしはもう彼女の演技の虜（とりこ）だ。

一秒たりとも目を離したくないと思ってしまっている。

きっと、それは審査員の人たちも同じだろう。当然ながら蓮川（はすかわ）さんも。

それからも七瀬さんの演技が続いた。

その間、言葉通り、誰も一言も発せず一ミリたりとも動けなかった。

まるで七瀬さんが演技だけで、四人の人間を支配したみたいだった。

「ありがとうございました！」

七瀬さんが演技を終えると、元気よく挨拶する。演技を止(や)めたら完全に別人ね。

「審査員さん……？」

無言のままでいる審査員の人たちに、七瀬さんが不思議そうに呼びかける。

「あ、ご、ごめんね！　ちょっとぼーっとしちゃって！」

先に蓮川さんが喋(しゃべ)り出すと、他の二人も現実に戻ってきたかのように話し出した。

「演技が終わったら、座っても大丈夫よ」

「はい！　ありがとうございます！」

蓮川さんがそう言うと、七瀬さんはぺこりと頭を下げてから椅子に座った。

審査員によっては、受験者の一人一人にちゃんと感想を言う人、合格・不合格が悟られないように何も言わない人、少しだけアドバイスをしたりする人とかいる。

前のオーディションで知っているけど、蓮川さんは受験者に何も言わない人だ。

……けれどなんとなくだけど、やっぱりわかってしまう。

このオーディションの合格者は、きっと七瀬さんだって。

誰がどんな演技をしたとしても、彼女を超えることはまずあり得ない。

それほどまでに、七瀬さんの演技は圧倒的だったから。

「じゃ、じゃあ次は、綾瀬咲(あやせさき)さんね」

「えっ……は、はい！」

蓮川（はすかわ）さんに名前を呼ばれて、あたしは少し驚いたあと立ち上がった。

「オーディションのやり方は、七瀬（ななせ）さんに説明したものと同じね。大丈夫かしら？」

「は、はい！　だ、大丈夫です！」

あたしはそう答えるが、言葉を口にしているだけで頭が全く働いていなかった。

そ、そっか……。次はあたしの番だ。

え、演技をしなくちゃ。最高の演技を。

「綾瀬（あやせ）さん……？」

「っ！　は、はい！　大丈夫です！　す、すぐに始めますから！」

そう。あたしは大丈夫。

役者という仕事に出会って、今までずっと演技が上手（うま）くなることだけを考えてきた。

練習だって一度も手を抜かずに、命懸けでやった。

それを何年も何年も繰り返してきた。

世界中の誰よりも、あたしは演じることに全てを懸けてきた自信がある。

だから、きっとここであたしは最高の演技ができる。

オーディションに受かって『夕凪（ゆうなぎ）』に入って。

ママに役者を続けることを認めてもらって。

あたしは思う存分に大女優を目指すのよ！
――どうせ七瀬さんが合格なのに、やる意味あるの？
違う！　違う違う！　こんなこと思っちゃダメ！
でも！　だからって諦める理由にはならない！
七瀬さんの演技は確かにすごかった。
ここであたしが最高の演技を見せたら、合格が二人になるかもしれないじゃない！
――才能も実力もないくせに、どうして役者を続けているの？
……こんな時に、あたしは何を考えているの。
そんなの演じることが大好きだからに決まっているでしょ。
才能がなによ。実力がなによ。
あたしは演じることが大好きだから、役者でいたいの！
――どれだけ演じることが大好きでも、たとえ愛していても。

……うるさい。

――何もないあなたは、何者にもなれない。

うるさい！　うるさい！

――大女優になんてなれないのよ。

そんなことない！　あたしは必ずなるのよ！

誰もがあたしの演技を一目見ただけで、あたしのことが大好きになる！

そんな大女優に、あたしは――。

『ごめんね。今回は不合格かな』『かつての天才子役にしては演技力がなぁ』『演技は上手(うま)いんだけど、ただ上手いだけかな』『小学四年生でこれかぁ……』『見た目は可愛(かわい)いんだけどねぇ』『なんか足りないなぁ』『努力してる感じはするんだけどね、ちょっとね』『全然表現力が足りないね』『君って天才子役の子だよね。それにしてはなんというか演技があんまり……』『グッと来るものがないんだよなぁ』『演技に心が込められてないんだよね』『頑張っているのかもしれないけど、もっと頑張らないとダメ』『これは才能が……あっ、ごめんね。なんでもないから』『うーん、この演技じゃちょっとね』『小学六年生なのにこれって……』『セリフの話し方も演技力も話にならない』『あの天才子役の咲(さき)ちゃん!?まだ役者続けてたんだ』『君、本当に頑張ってる？』『これは練習不足だね』『やる気ある？』『一生懸命なのはわかるけど、これじゃあダメかな』『そんなんじゃダメだよ。全然ダメ』『厳しいこと言うけど、才能がないよね』『真面目(まじめ)な演技してるね。全くワクワクしない』『光るものがないかな』『今まで何やってたの？』『心が揺さぶられないなぁ』『これじゃあ感動とかは与えられないよね』『可能性を感じない』『君さ、演技舐(な)めてるの？』『ダメな演技。天才だからって自惚(うぬぼ)れてたんじゃないの？』『あのさ君、役者諦めた方がいいよ』『君、もう演技しなくていいよ』『その辺の素人に演技させた方があなたより上手いかもね』『演技に魅力がないね』『命懸けで演技をやってる感じがしなんだよねぇ』『君の演技ってさ、なんか優等生みたいでつまらないね』

——頭の中が真っ白になった。

オーディションが終わったあと。陽(ひ)が落ちて空が真っ暗の中、あたしは帰宅するために一人で街の中を歩いていた。すれ違う人たちがみんな驚いたような目であたしを見て、通り過ぎて行く。……たぶん、今のあたしが酷(ひど)い顔をしているからだろう。

自分では見れないけど、きっと死人のような顔つきをしている。

「……あたしは何をやっているのかしら」

オーディションは、今までで最悪に終わった。七瀬(ななせ)さんの演技に圧倒されて、挙句に過去のオーディションの時に言われたロクでもないことを思い出してしまった。

手足は震えて、思考はひどく鈍り、それでもなんとか演技はやった……らしい。

正直、記憶にない。気が付いたら自分の演技が終わっていて、目の前には呆(あき)れた審査員二人と失望した審査員一人の姿があった。蓮川(はすかわ)さんは失望した目をしていた。

……本当にあたしは何をやっているのかしら。

「これで、あたしは役者をできなくなるのね」

オーディションに受からなかったら、役者を諦める。ママとの約束だ。

まず間違いなく、結果は不合格だろう。

……でも、今から家に帰ってもう一度ママを説得したら……あたしがどれほど演じることが大好きかをちゃんと話したら……万が一でも、役者を続けさせてくれるかもしれない。

……うん、そうしよう。可能性は低くても、諦めるわけにはいかないわ。

あたしは大女優になるんだもの。だから、絶対に諦めるわけにはいかないの。

諦めるわけには……諦める……わけには……。


『あぁ、ロミオ様!!　ロミオ様!!　どうしてあなたはロミオ様でいらっしゃいますの？』


……どうして彼女はあんな演技ができたの？　しかも、初めてのオーディションで。

あたしもこれからまた練習を繰り返したら、あんな風になれるの？

見る人を惹きつけるどころか、支配するような演技ができるようになるの？

もっと練習時間を増やせばいいの？　もっとオーディションを受けたらいいの？

けれど、あたしはとっくの昔に友達と遊ぶ時間は削ったし、友達と喋る時間さえ削った。

睡眠時間も削った。審査員たちに何を言われても心を削って耐え抜いた。

削って、削って、削って――。


「もうあたしに削れるものなんてないのよ……」

過去に一度、オーディションで〝優等生〟みたいな演技だと言われたことがある。

当時は、ただあたしの演技に魅力がないと言いたいんだと思っていた。

……けれど、ようやく理解した。

〝優等生〟とは、つまるところ〝無駄に頑張った凡人〟なのだ。

〝優等生〟は、どれだけ努力しても、命を懸けたとしても、決して〝天才〟にはなれない。

〝天才〟には勝てない。〝天才〟には追いつけない。

〝優等生〟には、七瀬さんのような誰かを支配する……それどころか誰かを惹きつけるような演技はこの先、一生できることはない。

何故なら〝優等生〟は、どこまでいっても〝凡人〟の延長でしかないから。

つまり、あたしは大女優になれないのだ。

この先、一生。絶対になれない。

「……何年もずっと頑張り続けてきた結果が、これか」

才能も実力もないくせに役者を諦めなかったのはあたしだけど、これはあまりにも酷すぎる。せめて少しだけでもいいから、何か得るものがあったって――。

……もういいや。もう何も考えたくなくなってきた。

「綾瀬さん！」

不意に、背後から声が聞こえてきた。とても聞き覚えのある声だ。

振り向くと、七瀬さんがいた。

「……どうしてあなたがここに？」

「私は忘れ物を届けるために、綾瀬さんを探してたんだけど……大丈夫？」

七瀬さんが心配そうな表情で訊ねてくる。でも彼女の顔を見ると、抑えきれない感情が込み上げてきて——ダメだ。いくら七瀬さんのことを羨ましくて、妬ましく思ってしまっているとしても、その気持ちを彼女にぶつけることは絶対にやってはいけない。

あたしは一旦落ち着くために、大きく深呼吸をする。

「あたしは大丈夫よ。気にしないで。……それより忘れ物って？」

「あっ、えっとね……これだよ！」

七瀬さんから差し出されたのは、チョコレート色のヘアピン。

依桜ちゃんからプレゼントされた物だった。

「こ、これ!?　どこで見つけたの!?」

「控え室に落ちてたんだよ。オーディション中は着いていたから、オーディションが終わったあと荷物を持ち帰る時に、何かの拍子で外れちゃったんじゃないかな？」

「そ、そうだったの……」

「まだオーディション会場の近くにいて良かったよ！　はい、どうぞ！」

七瀬さんはニコッと笑ってヘアピンを渡してくれる。やっぱり悪い子じゃないのね。

「あ、ありがとう」

あたしは受け取ると、ヘアピンを……髪には着けずにカバンに入れた。

……さて、早く帰りましょう。七瀬さんはとても優しい人だけど、いまのあたしはこれ以上彼女と一緒にいると、おかしくなってしまいそうだから。

「綾瀬さんの演技！　その……とても素敵だったよ！」

唐突に、七瀬さんが言ってきた。バカにしてるの？　なんて思っていない。たぶんあたしがオーディションで上手くいかなかったことを気遣ってくれているんだ。

「お世辞はいいのよ。七瀬さんの方がよっぽど素敵な演技をしていたもの」

「っ！　そ、そうかな！」

七瀬さんは頬を染めて、照れくさそうにしている。オーディションが初めてってことは、役者を目指してそんなに経っていないはず。あまり褒められた経験がないのかしら。

「でも綾瀬さんの演技も、本当に素敵だった！　そ、その……」

「練習の時の？」

あたしが訊ねると、七瀬さんは言葉に詰まって困った顔をする。

「褒めてくれるのは嬉しいけど、練習の時に良くてもしょうがないわよ。本番で力を出せないと意味がないの」

それに本番で、たとえ人生最高の演技をしていたとしても、あたしは七瀬さんには絶対に勝てない。なんなら、今よりさらに絶望的な気持ちになっていたかもしれない。

あたしの全てを以てしても、彼女の演技には到底敵わないと。

「あたし、もう行くわね」

「あ、綾瀬さ――」

「近づかないで！」

まだ何か話そうとしてくる七瀬さんに、あたしは語気を強めて言った。

平気そうに彼女と話していたけど、精神的にはかなり瀬戸際だ。すぐにでも七瀬さんに酷いことを言葉にしてしまいそう。

彼女を傷つけてしまう前に、あたしがこれ以上傷つかないために……もう帰ろう。

驚いている七瀬さんを置いて、あたしは歩き出す。

「綾瀬さん！　今回は、その……あれだったけど次のオーディションでまた会いたいな！　私、綾瀬さんの演技がすごく好きになったの！　たった数回見ただけなのに！　それって、とてもすごいことだと思うの！」

後ろで七瀬さんが言っているけど、あたしは構わず歩みを進める。

あたしの演技が好きって、お世辞はもういいわ。……そんなのいらないのよ。

それに次のオーディションって、そもそもあなたは今日のオーディションに受かっているでしょ。……まあ今日が初めてのオーディションなら、そんなことわからないか。

あとね、あたしにもう次はないの。ママとの約束があるから、とかじゃない。

完全に心が折れてしまった。

ううん、それどころか形がないくらい粉々になってしまったの。

……もう限界なのよ。

──だからね、あたしは役者を諦めるの。

「ちょっと待ってよ！　咲ちゃん！」

オーディション翌日。休日だったあたしは『アイリス』に行くと、友香っちに事務所を辞めることを伝えた。役者を諦めることも。

役者を諦めるなら、事務所に在籍し続ける意味なんてないから。

「友香っち、退所の手続きの準備とかはお願いね。ちゃんと辞める時にまた来るから」

「だから待ってって！　どうしていきなり辞めるなんて！」

あたしが事務所を出ようとすると、友香っちは進行方向に出てきて引き留める。

「しょうがないでしょ。オーディションに受からなかったら、役者は諦めるってママとの約束だったんだから」

「それでもこんなにあっさり辞めるなんて！　咲ちゃんらしくないよ！」

「……じゃあなによ。このままあたしに役者のオーディションを受け続けろっていうの？　今まで散々落ちてきたのに、また何回も何回も何回も！　受かるまでずっとずっとずっと落ち続けろっていうの！」

「さ、咲ちゃん……」

心の底から叫ぶと、友香っちは戸惑った表情を浮かべる。

「あたしはね、ロボットじゃないのよ。心がちゃんとあるの。酷いことを言われたら傷つくし、失敗したら落ち込むの。どれだけ演じることが好きだからって、どんなことをされても永遠に耐えられるわけじゃないのよ……」

あたしはひどく情けない声で話すと、そのまま続けた。

「あたしは十分頑張ったじゃない、死ぬほど頑張ったじゃない……もう諦めさせてよ」

そうだ。あたしは本当によく頑張った。悔いなんて一切残らないくらい頑張った。

これだけ頑張って、頑張って、頑張って、ダメなら仕方ない。

あたしは、もう……楽になってもいいはずだ。

友香っちもあたしの懇願するような言葉を聞くと、それ以上説得してこなくなった。

「あとこれ。出しておいてくれないかしら？」

「……これって」

「依桜ちゃんへの手紙。どうせ事務所辞めるんだし、最後に一回くらい出してもいいでしょ？　あの子にはあたしが役者を諦めるって、ちゃんと伝えないと」

「っ！　な、何を言ってるの！　そんなの依桜ちゃんが可哀そう――」

「絶対に出して。一生のお願い」

あたしは真っすぐに友香っちを見て、伝える。

「……わかったよ」

「ありがとう、友香っち」

感謝すると、友香っちから離れるように再び歩き出す。

そして、あたしは『アイリス』を出た。

「ただいま」

帰宅してリビングに行くと、ママがソファに座っていた。

……でも、ママは帰ってきたあたしに気づかない。

「ママ……？」

「っ！　咲、帰っていたのね。……ごめんなさい。少しぼーっとしてしまっていたわ」

ママはそう言ってから、目頭を押さえる。疲れているのかしら……？

「それより、事務所は辞めてきたの？」

「……うん、辞めてきた」

あたしが答えると、ママは「そう」とだけ言葉にした。

「あたしね、これからママが言った通り、正しく生きるから。今までも勉強してきたけど、もっと勉強して、良い高校、良い大学に入って、良い仕事に就くから」

「……そう。ありがとう、咲」

ママは表情一つ変えずに言ってから、あたしの傍に近づいてくる。

次いで、彼女は安心させるようにあたしの両肩に手を乗せた。

「大丈夫、私の言った通りにしていれば、あなたは必ず幸せになれるわ」

「……うん、わかっているわ」

「どんなことがあっても、必ずママがあなたを幸せにしてあげるから」

「……ありがとう。ママ」

ママがあたしを幸せにしてくれるって。これほど幸運な娘は滅多にいないだろう。

良かった、ママの娘に生まれることができて。

これからは、ママの言うことを聞くだけでいいんだ。それだけで、あたしは幸せになれるんだ。もう自分で余計なことを考えずに済む。

大女優になりたいとか、そんなバカげた夢を見ずに済む。

……本当に良かった。

ママと話してから、あたしは少し休みたくて自分の部屋に移動した。

そして、ベッドに寝転がった。……全部、終わったのね。

『アイリス』の退所は後日だしテレビ番組の仕事が数個残っているけど、沙織さんにも役者を諦めることは電話で伝えているから、彼女の演技指導を受けることは二度とない。

役者を諦めるって伝えた時、沙織さんは「今まで頑張ったね」って言ってくれた。

色々と思うことはあるだろうけど、それでも労ってくれた彼女にあたしは申し訳なくなって泣きそうになった。

パパにも役者を諦めることは伝えたけど、いつかみたいにまた「そうか」だけ。やっぱりパパはあたしが役者をやろうがやらなかろうが、どうでもいいのね。

篤志にはまだ何も言ってないけど……彼ならわかってくれるわ。あたしの幼馴染でベビーカーの時から一緒にいたのだもの。……どうかわかって欲しい。

依桜ちゃんへの手紙は、あたしが役者を諦めたことを理由も含めて素直に書いた。今まで何年間もあたしのファンでいてくれて、一度役者を諦めかけたあたしを救ってくれた彼女には、感謝してもし切れないくらい感謝している。

だから彼女には、怒られても失望されても何も文句は言えない。

手紙の最後に一言添えているけど、それだけじゃ許してもらえないだろう。

……でも、もういいの。今後、依桜ちゃんがあたしのファンを続けていたって、良いことなんて一つもないから。

これから、あたしは正しい人生を歩んでいく。

勉強して、良い高校、良い大学に入って、良い仕事に就いて——それから好きな人と結婚したり、好きな人との子供を産んだりするのかな。……うん、とても幸せそうね。

もしこの先、そんな幸せが待っているとしたら最高じゃない。

——でも、それって本当にあたしの幸せなのかな。

一瞬、余計な思考が頭の中を過ったけど、すぐにかき消した。

何を考えたって、どうしようもない。

あたしには、どうすることもできないのよ。

だってあたしは〝優等生〟なのだから。

幕間

中学生になってからも、私はずっと咲ちゃんを応援する毎日を送っていた。

お父さんとお母さんの方針で相変わらず勉強ばかりさせられていて、中学生になってからさらに勉強する時間が増えて……正直、辛い。

でも！　咲ちゃんの姿を一目でも見れば元気になれた！

もちろん、ファンレターも送り続けていた。テレビ出演や役者としてまたドラマや映画に沢山出られるように頑張っている咲ちゃんを、少しでも励ませるように。咲ちゃんから一度だけ返事がきたけど、それ以降は一つもない。でも当たり前だよね、ファンとの接触は間接的でも良くなさそうだし、そもそも返事が来る方が異例のことだから。

テレビ番組に出てくる咲ちゃんも大好きだけど、いつか役者の咲ちゃんを見てみたい。

たまにドラマとかチラッと見ても、咲ちゃんみたいにキラキラして〝強さ〟を感じる役者は一人もいなくて、やっぱり私の一番は咲ちゃんだ、って思うから。

――ある日のことだった。予定していた勉強を終えると、香織さんからいつかの時のように手紙を渡された。ひょっとして……と思って見てみると、咲ちゃんが所属する『アイリス』からだった。私は驚きつつも、咲ちゃんにヘアピンをプレゼントしたから、もしかしたらそのお礼に咲ちゃんから手紙がきたのかも！

わくわくしながら手紙を開くと――本当に咲ちゃんからだ!!　ものすごく嬉しい!!

心がお祭り状態の中、私はすぐに手紙を読んでいく。

そして読み終わったあと、私はもう一度読み返した。また読み終わったら、またもう一度読み返した。何度も、何度も読み返して――ようやく手紙の内容を呑み込めた。

「……嘘だ」

その手紙には――咲ちゃんが役者を諦める、という内容が長々と書かれていた。

役者として再び活躍するために頑張ったけど心が耐えられなくなってしまったこと、自分には才能も実力もなくて大女優にはなれないこと、私は何年も前から咲ちゃんにとって唯一のファンだったらしくてそんな私にずっと励まされてきて感謝してること、が書かれていた。そして、手紙の最後には――。

『ごめんなさい』

一言、そう添えられていた。……嘘だよ、こんなの。だって咲ちゃんは、大女優になるから待ってなさいって、私に伝えてくれたよ。カッコよく伝えてくれたよ。

それで私もずっと咲ちゃんの大ファンでいようって……。とにかく咲ちゃんが簡単に役者を諦めたりなんて――ううん。簡単に、なわけないよね。

あの咲ちゃんが役者を諦めたってことは、相当覚悟して決めたことなんだと思う。

だったら、私も受け入れなくちゃ。それでね、咲ちゃんの次の人生を応援するの。それが咲ちゃんの大ファンとしてできる唯一のことだから。

「咲ちゃんが出ているドラマの録画でも見る？」と不意に香織さんが訊いてきた。明らかにショックを受けている私を察して、励まそうとしてくれているんだと思う。

私は彼女の言葉に甘えてドラマを見ることにした。過去に咲ちゃんが出演したドラマは、香織さんが彼女の部屋の録画機能付きテレビで全て録画してくれている。私のためにお父さんたちに給料を上げてもらう代わりに、録画機能付きテレビを希望したみたい。

香織さんはサボり好きだけど仕事ができて、本当に優しい家政婦さんだ。

そうして、香織さんの部屋で私は彼女と一緒に咲ちゃんが出演しているドラマを見る。

タイトルは、咲ちゃんのデビュー作の『お父さんはヒーロー』だ。

『どんなに弱くてカッコ悪くても、わたしはお父さんにヒーローを続けて欲しいの！』

何度見ても咲ちゃんの演技はキラキラしていて、言い表せない〝強さ〟もある。やっぱりすごくカッコいいなぁ、と心から思った。でも同時にこうも思ってしまった。

……咲ちゃんは、本当に役者を諦めたかったのかな。

役者をやりたくなくなって、諦めたのかな。それが咲ちゃんの本心なのかな。

咲ちゃんの演技を見ながら、今まで見た咲ちゃんの演技を思い出しながら、考えた。

どんな大きな役でも、どんな小さな役でも、咲ちゃんの演技はいつもカッコよかった。

だから、私は咲ちゃんの演技が大好きになったんだ。

どう考えても、私は咲ちゃんが心から役者を諦めたいと思っているとは思えない。

……けれど、手紙には『ごめんなさい』と謝罪まで書いてあった。

きっと咲ちゃんは、誰もが想像できないくらい過酷な目に遭ったのだと思う。

そんな目に遭っている中、私はファンレターを出したりヘアピンをあげたりすることしかできなかった。咲ちゃんは私の苦しかった日々を楽しい日々に変えてくれたのに、私は咲ちゃんに何もできていない。ファンごときが出しゃばっていることはわかっている。

それでも咲ちゃんに救われた私は、咲ちゃんを救いたいと本気で思ったんだ！

どうやったら咲ちゃんのことを救えるだろう。咲ちゃんがまた大女優を目指せるような勇気を与えられるだろう。私は再び必死で考えて——たった一つだけ方法が浮かんだ。

「ねえ香織さん。お父さんとお母さんが二人とも帰ってくる日っていつ？」

後日、私はお父さんとお母さんに生まれて初めて自分の気持ちを伝えた。

生まれて初めて二人と喧嘩（けんか）をした。

そして——私は〈優等生〉を辞めた。

第三章　七瀬レナ

完全に役者を諦めてから約半年が経過していた。

中学は卒業して、今日は高校の入学式。高校は超進学校――とかではなく、星蘭高校という、自宅近くの特に偏差値が高くもなく低くもない高校。

てっきりあたしはママから進学校に行けって言われると思ったし、あたしも進学校に行くつもりだったけど、そうはならなかった。ママはこれ以上あたしが余計なことを考えないように、ママの知り合いが教師をやっている学校にあたしを入れた。あたしを管理しやすいようにするためだろう。良い成績さえ残していれば、塾とかも通わなくていいらしい。

これも無駄なストレスで、あたしがまた余計なことを考えないようにだって。

別にそこまでしなくても、あたしはもう役者をやりたいなんて言ったりしないのに。

「星蘭高校の制服って、結構カッコいいな」

少しセンチメンタルになっていると、隣からよーく聞き覚えのある声が聞こえてきた。

「ねえ、どうして篤志があたしと同じ高校なのよ」

「……偶然だろ？」

「嘘つかないで。篤志があたしの志望校を学校中に訊き回ってたのは知ってるのよ」

あたしの言葉に篤志がまずい、みたいな顔をする。バレてないと思っていたのかしら。

「別に篤志と一緒の高校が嫌とか言ってるんじゃないの。でも、バスケの名門校から推薦が来ていたんでしょ？」

「まあな。でも、バスケなんてどこでもできるし」

「それはそうだけど、もしプロとか目指すなら――」

「はいストップ。もう俺の話はいいって」

篤志はパン、と手を叩くと強引に話を終わらせる。彼にとっては、あまり話したくないことなのかしら？　触れられたくないことって、誰にでもあるものね。

それから話題を変えて雑談しつつ暫く歩いていると、星蘭高校の校舎が見えてきた。

今日から、あたしは本格的に今までとは違った人生を歩んでいく。

夢を見ずに、挑戦もせずに、とても正しく生きていく人生だ。

正直に言ってしまうと、まだ余計なことが微かにチラついている。

でもこれも、入学式を終えたら全て消えるだろう。入学式さえ終えれば――。

「綾瀬さん！」

刹那、いま一番聞きたくない声が聞こえてきた。咄嗟にあたしは顔を下に向ける。

もしこれがあたしの想像している人物なら最悪だ。というか一度しか会っていなくて、あれから半年くらい経っているのに、どうしてこの声を鮮明に覚えているのよ。

「結構前にいるやつが綾瀬さんって呼んでるけど、咲のことじゃないのか？」

うるさい篤志。いまはあたしに話しかけないで。あんたに触れて欲しくないことがあるように、あたしにも触れて欲しくないことがあるの。その一つがこのやたら明るい声を出している人。……どうしよう。と、とにかくこの場から一刻でも早く立ち去らないと。

――と思った瞬間、あたしは強引に顔を上げさせられた。

「やっぱり！　綾瀬さんだ！」

視界には眩しいくらいの笑顔が映っている。肩口くらいまで伸ばした茶髪、白い肌、オーディションの時にも着ていた白のパーカーをわざわざ制服の上から着ている。

……今日は下手をしたら、人生で一番最悪の日かもしれないわね。

星蘭高校の入学式の日。あたしは七瀬レナと再会した。

「咲、今日はどっか遊びに行くか？」「何言ってんの。勉強するに決まってるでしょ」

授業の合間の休み時間。あたしは篤志とそんな会話を交わす。

入学して二週間が経った。あたしは篤志と同じクラスになって、ついでに席も隣同士。

篤志は既にクラスメイトや部活に友達が結構いて、なんなら女子にモテている。

対して、あたしは可愛すぎる容姿のせいか纏っている雰囲気のせいか、クラスメイトたちに恐がられているみたいで、未だに幼馴染以外に喋れる相手がいない。

というか、中学校に入学した当初も、よその小学校から来た人たちが同じ反応していた気がする。それから徐々に仲良くなっていったのだったかしら……？

「じゃあ一緒に勉強してもいいか？　今日は部活オフだし」「……まあいいけど」

あたしが言葉を返すと、篤志は急に教材をひたすらカバンに詰め込んだ。

やる気出しすぎよ。まだ授業あるのに、どうすんのよ。

「綾瀬さーん！」

不意に、元気で騒がしい声が教室に響いた。

そういえば、篤志以外にも喋れる相手が一応いたわね……本当に一応だけど。

「綾瀬さん！　今日さ、一緒にお昼ごはん食べようよ！」

七瀬さんはすぐにあたしの席まで来ると、そんなことを言ってくる。

今日も白のパーカーを制服の上から着ていた。校則違反でしょ、それ。

「あなたとお昼？　絶対に嫌よ」

「なんで⁉ 私と綾瀬さんの仲なのに⁉」

「大した仲じゃないでしょ。あと休み時間のたびに、ここに来ないで」

「嫌だよ。だって私、綾瀬さんと友達になりたいからね」

七瀬さんは明るい笑みを浮かべる。この子は遠慮って言葉を知らないのかしら……。

「あっ、あの時、拾ったヘアピン。ちゃんと着けているんだね」

「……まあね。大切な物だから」

あたしは依桜ちゃんから貰ったヘアピンを触る。依桜ちゃんに手紙を送る時、これも返そうかと思ったけど、止めた。ファンになってくれた子をもう傷つけたくなかったから。

だから、いまあたしは依桜ちゃんを傷つけないために、このヘアピンを着けている。

要するに、ただの自己満足だ。

「大切な物だったんだ。じゃああの時、なおさら綾瀬さんに届けられて良かったよ」

「そうね。ヘアピンの件は感謝してるから、早く自分のクラスに戻ってくれない？」

でも七瀬さんはニコニコしながら全く帰ろうとしない。さっさと帰りなさいよ。

「おい七瀬。咲が帰れって言ってんだから、さっさと帰れよ」

「あれ阿久津くん、いたの？ 影薄いね」「んだと⁉」

篤志と七瀬さんが、視線を合わせてバチバチに火花を散らしている。

篤志には、前々から『夕凪』のオーディションの時にとんでもない演技をする人がいて、それが原因の一つで役者を諦めることにしたと正直に話している。

彼もずっとあたしのことを支えてくれて、応援してくれていたから。

そのとんでもない演技をする人が七瀬さんってことは、篤志が入学式の日に彼女に初めて出会った頃はまだ知らなかった。でも七瀬さんと会うたびに様子がおかしいあたしを見て、ある日篤志が七瀬さんにどこであたしと知り合ったか直接訊いた結果、彼は七瀬さんがあたしが役者を諦めることになった原因の人だって知った。

以来、篤志は七瀬さんに敵対心をむき出しにしていて、彼女もそれに対抗している。

「二人ともうるさいわ。そろそろ授業始まるわよ」

「ほら七瀬。さっさと帰れよ」

「阿久津くんのせいで七瀬さんとあんまり喋れなかったよ。次の休み時間も来るからね」

七瀬さんは篤志にべーっと舌を出して、あたしには笑顔を見せて、ようやく自分のクラスに戻っていった。……彼女と一緒のクラスにならなかったことが不幸中の幸いね。

「咲、七瀬と会いたくないんじゃないのか？」

「できるなら会いたくないわ……でも、最近はどうでもよくも思えてきたのよ」

入学式の日に会った時は、七瀬さんに対して妬みとか憎悪とかそういう感情が少しだけ湧いてきた。けれど『夕凪』のオーディションからだいぶ経っているからか、毎日のように七瀬さんの能天気な声を聞いているからか。彼女に対する負の感情はほとんど抱かなくなった。彼女のことは好きにはなれないけど嫌いにもならない。今はそんな感じ。

「篤志もいちいち七瀬さんに噛みつくのは止めなさい」

「……頑張ってみるわ」と篤志は目を逸らして言った。嘘つく時の癖は昔のままね。

あたしが役者を諦めたことは七瀬さんには伝えていない。彼女の方から「最近、オーディション受けた？」とか訊いてくるかと思ったけど、意外と気遣ってくれているみたい。

ちなみに、七瀬さんはあの時のオーディションに受かって『夕凪』に入団したらしい。

あたしが訊いたら、七瀬さんは気まずそうにしながら答えてくれた。色々と気遣ってくれるなら、なんで毎日あたしの席に来るのかしら。……まあ七瀬さんが『夕凪』に受かったって聞いても、やっぱりさほど込み上げてくる気持ちはなかった。

そんなあたしは、きっとこれから正しい人生を生きていけるだろう。

七瀬さんと再会した時は少し恐かったけど、気のせいだったみたい。……良かった。

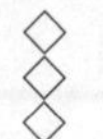

とある日の放課後。勉強しようと図書館に向かうために教室を出たら、隣の教室の前でナンパされている女子生徒に遭遇した。……隣のクラスの子かしら？

「立花さん、今日こそ俺と遊びに行ってくれるよね？」「そ、その……あの……」

ギリギリイケメンの男子生徒に迫られて、明らかに嫌がっている女子生徒。

あの男、相手が迷惑だって思ってるってわからないのかしら。

「連絡先の交換でもいいよ。そしたらすぐいなくなるからさ」「そ、それなら……」

彼女はスマホを取り出す。これは遊びに行くことから条件を下げて連絡先を交換するというナンパの常套手段。あの子、男が消えるからって連絡先交換しようとしてるわね。

「ちょっとそこのイケメンさん、あたしと連絡先を交換しましょう」

男子生徒は苛ついた感じで振り向いてくるが、あたしの姿を見たら目を見開いた。

「えっ、いいのかい?」「もちろん。そこの子より可愛いし、あたしの方がお得よ」

あたしの言葉に、男子生徒はチラッと女子生徒を見てから、

「じゃ、じゃあお願いするよ」

そうして彼はあたしと連絡先を交換すると満足して、すぐにこの場から立ち去った。

「さてと、あんなキモいやつの連絡先は削除っと」「えっ……」

ナンパされていた女子生徒はまだ傍にいたようで、あたしの行動に驚く。

この子、あたしが本当にナンパされたくてナンパされたと思っていたのかしら……。

「あなた、嫌なときは嫌って言わなきゃダメよ。それじゃあね」

あたしはそれだけ告げると、図書館に向かった。

『誰も私が夢を見ることを止められないの』

舞台の上に女性が立っていた。

綺麗なドレスを着ているわけではなく、貧相な服装だった。

けれど、彼女は装いに似つかわしくないセリフを堂々と言ってのける。

演技だとわかっている。服装も言葉も、全て用意されたものだってわかっている。

それなのに、あたしは彼女の言葉に惹かれ、心が震えた。そして思ったのだ。

あたしも彼女のようになれたらって――。

「ようやく起きたか」

あたしは意識が覚醒すると、光のせいで視界がチカチカする中、声がした方を見る。すると、目の前に篤志の顔があって――って、近い⁉

驚きつつも目が慣れてきて状況を確認すると、どうやら屋上で昼食を食べ終わったあたしは、彼の肩に頭を乗せて寝ていたみたいだ。

「っ⁉　な、なんで起こさないのよ⁉」とすぐに篤志から離れて、訊ねた。

「いや、あんなに気持ちよく眠っていたら、さすがに起こせねーよ」

「だ、だからって……」

やってしまった。あの篤志に、こんな恥ずかしいところ見せてしまうなんて。

顔が熱い。もう最悪……。

「そんな気にするなよ。幼馴染としては、さすがに傷つく」

「う、うるさいわね！　ていうか、篤志はなんでそんな平気そうに――っ！」

よく見ると篤志の顔も赤くなっていた。……お互い様なら許してあげるしかないわね。

「あ、あの、すみません」

不意に幽霊みたいな小さな声がする。顔を向けると、見覚えのある女子生徒がいた。

「あら？　あなた、昨日の……」

「そ、そうです。あなたに助けられた一年Ｅ組の立花芽衣って言います」

女子生徒――立花さんはぺこりと頭を下げる。やっぱり隣のクラスの子だったのね。

「立花さんね。……でも、どうしてあたしがここにいるってわかったの？」

「き、昨日、あなたが隣の教室から出てきていたことは見えていたので、と、隣のクラスの人に訊いたら、ひ、昼休みは教室にいない時は屋上でよく見るって……」

「そ、そうなの。……で、どうしたのかしら？　またナンパされたの？」

「ち、違います。昨日のお礼を言いたくて……昨日は、あ、ありがとうございました」

「あら律儀ね。別にわざわざ言いにこなくてもいいのに」

「あ、あと……あ、あの男の人に嫌なことされてないかなって……」

「心配してくれたのね。でも大丈夫よ。昨日の大量のメッセージは全て無視したし、そしたら今日あたしにしつこく迫ってきたけど、急所に蹴りを入れたら泣いて逃げたわ」

あたしが説明をすると、隣にいる篤志が青ざめる。あんたにはしないわよ。

でもまあ、おかげであたしは余計にクラスメイトたちに恐がられてしまったけど。

「お前が変な野郎にナンパされたのか。災難だったな」

篤志がそう言うけど、立花さんはあたしのことをじーっと見てくる。な、何？

「カ、カッコいいです！　わ、私と友達になってください！」

立花さんは深く頭を下げて、突然告白をしてきた……って、いきなりなんなのよ!?

「と、友達……？」

「そ、そうです。わ、私、あなたみたいなカッコいい人に憧れていて、わ、私もいつか男性の急所に蹴りを入れられるようになりたいです」

「いや、それはどうかと思うけど……」

あたしが喋っている途中も、立花さんは煌めいた瞳でこっちを見てくる。

……まあ、あたしもまだ友達いないし、しょうがないわね。

「綾瀬咲よ。友達になるなら名前で呼んでね。あと同級生なんだから敬語も禁止」

「は……う、うん！　さ、咲ちゃん！」

立花さんは嬉しそうに、あたしの名前を呼んだ。名前で呼んでねとは言ったけど、いきなり下の名前で呼ぶのね。そんな風には見えないのに、意外と積極的なのかしら。

「よろしくね、芽衣」

あたしも名前で呼ぶと、芽衣はさらに嬉しそうな表情を浮かべてくれた。

そうして、あたしに立花芽衣という友達ができた。

――が、話はここで終わりじゃない。

『先日、空腹で死にそうになっていたら焼きそばパンを恵んでもらった鈴木達也っす。早速っすけど、友達になってください』

『昨日、迷子の妹を助けてくれてありがとね。私は高橋涼香っていうんだけど……よ、良かったらさ、私と友達になって欲しいなって……』

普通に過ごしていたら、さらに友達が二人できてしまった。しかも二人とも他クラスで、自身のクラスでも他クラスでも友達が一人もできなくて困っていたらしい。

そんなわけで、あたしは休み時間とかを四人と一緒に過ごすことが多くなった。

「達也さ、昨日女バスの先輩に告白して振られたんでしょ？　だっさー」

「う、うるせー。俺はまだ本気を出してないだけだ。本気を出したらな――」

「す、鈴木くん。女の子に振られた時、いつもそう言ってる気がする」

芽衣、達也、涼香が楽しそうに会話をしている。ここあたしのクラスなんだけど……。

「篤志、達也は同じバスケ部でしょ。なんでもっと早く友達にならなかったのよ」

「あんまり人と関わりたくないやつだと思ってたんだ。部活じゃ、あんなに喋らんし」

「バスケ部に入る人に、人と関わりたくない人なんているわけないでしょ」

……まあ今が楽しそうならいいか。もうバスケ部でも上手くやれてるみたいだし。

芽衣も涼香も、ここにいて楽しそうなら何よりね。

「なあ咲、わかってるか？　これが中学の時、お前が生徒会長に選ばれた理由だぜ」

「は？　いきなりなによ？」

「咲には、どんなやつでも惹きつける魅力があるんだよ。だから、他クラスではぐれ者だったやつが咲のところにだけこんな風に集まってくるんだ」

それって嬉しいことなのかしら、と疑問に思っていると、喋っていた三人に呼ばれた。

「綾瀬、今日は部活休みなんだけど、どっかで遊ばねーか？」

「咲ちゃん！　カラオケ行こうよ！」「わ、私も……い、行きたい」

三人とも期待の眼差しで、あたしに訊いてくる。

「何言ってんのよ、あたしは今日も勉強するの」

あたしの発言に、三人とも「えー」とブーイング。

そんな彼女たちを見て、あたしはなんだか楽しくなってちょっと笑ってしまった。

「じゃあ俺も勉強するわ」「私もー」「わ、私も」

結局、芽衣たちも一緒に勉強してくれることになった。みんなにはあたしのママが勉強に厳しいことを伝えているから、文句を言いつつも、いつも一緒に勉強してくれる。

「もちろん俺もな」

……あと幼馴染もね。つまるところ、彼ら彼女らはこの五人が一緒ならどこでもいいと思ってるのかもしれない。……まあ、あたしもそう思ってるけど。

——どんなやつでも惹きつける魅力、ね。

その魅力、あたしの演技にもあったら良かったのに……なんてね。

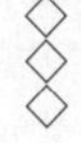

高校に入学して二ヵ月が経った。あたしは昼休みに旧校舎に向かっていた。

クラスメイトの女子が昨晩、旧校舎で友達と肝試しをしていたらスマホを忘れてしまったそうだ。けど旧校舎にもう一度行くのは恐いらしくて、偶然、その話を聞いてしまったあたしが泣きつかれて……という感じ。あたしなら恐いのとか大丈夫そう、だって。

普段、あたしを恐がってるくせに現金ね。

「こんなの何が恐いのかしら……」

旧校舎の廊下は窓から入ってくる光が少ないのか、薄暗くて夜だったら確かに肝試しとかできそうだけど、にしても泣くほど恐くはなさそう。ちなみに篤志たちもついて来ようとしたけど、それだとあたしが恐がっているみたいで癪だから止めてもらった。

幽霊なんているわけないでしょ、と思いつつ歩いていると、予め女子から聞いていた教室の前で床に落ちているスマホを見つけた。これで終わりね……と思った直後だった。

——バンッ！　と不意に大きな音が響く。傍の教室からだ。

「な、何かしら……？」

ちょっと恐く……いや、恐くはない。音が気になっただけ。気になったからには、早く確かめないと。うん、確かめよう。そう思って、教室の戸を開くと——。

「……何これ」

教室の中には、数えきれないほどの大量の本があちらこちらに置かれていた。

机の上に山積みにされていたり、本棚にもパンパンに詰まっていて、床に落ちている本もある。……さっきの音はこれが原因かしら。ジャンルは小説だったり雑誌だったり様々で……演技に関する本もあるわね。気になってさらに探していくと——っ！

「これ『夕凪』の台本じゃない」

表紙には、演劇のタイトルと七瀬レナという名前が書かれていた。

その瞬間、理解した。ここは七瀬さんが演技の練習をするために作った部屋なんだ。

「あの子、旧校舎とはいえ教室を使って何してるのよ……」

でも、七瀬さんっぽいとは思う。あたしが芽衣たちと過ごすようになってからも、懲りずにあたしと友達になろうとしてくるほど、遠慮を知らない。

そんな彼女のことだから、使ってない教室の一個くらい使ってもいいよね！　みたいなノリで旧校舎の教室を使ってそう。しかも最近の彼女はレナフェスティバルとかいう謎のゲリライベントを開催して、教師たちからトラブルメーカーとして注視されているみたいだし。本当に遠慮を知らないというか……無茶苦茶な子ね。

「だから、あんな演技ができたのかしら」

そう呟いたあと、あたしは七瀬さんの台本に手を伸ばしてしまう。ダメなことだとはわかってはいるけど……〝天才〟の彼女は台本にどんなことを書いているんだろう、そんな気持ちが抑えられなかった。申し訳ないと思いつつも、あたしは台本を開いた。

台本にはセリフの上に登場人物が幾つもあって、その中に丸で囲まれているものがある。おそらく、それが七瀬さんが演じる役だろう。その役はセリフが数個しかなくて所謂、脇役とも呼べないモブ役。……なのに、台本の書き込み量は凄まじいほど多かった。演技の仕草、セリフの言い方、立ち位置。加えて、自分がどんな演技をしたら他の役者が演じやすいか、まで書いていた。

一冊だけなんじゃ……と思って、七瀬さんには本当に悪いけど、他の台本も探して読んだら……十冊以上見つけて、どの台本にも同じくらいの書き込みがされていた。

しかも、どれも七瀬さんの役はセリフが極端に少ないモブ役ばかり。

七瀬さんはあたしより努力している……とは言わない。あたしだってこのくらいやるし、役者として復活したいと思っていた頃は、これくらい練習をしていた。

だから、あたしより七瀬さんの方が努力しているとは絶対に言わない。

七瀬さんが〝天才〟じゃないなんてことも絶対に言わない。

彼女の演技は、確実に才能あってのものだ。

――ただこの台本を読んで思ったこともある。

〝天才〟も死ぬほど努力をしているんだって。

これがわかって、あたしは少し安心した。だって何も努力していなかったり、ちょっと努力したくらいで、七瀬さんがあの演技をしていたら――自分勝手だけど、ちょっぴり彼女のことを嫌いになっていたかもしれない。篤志にはもうどうでも良くなったとか言っておいて、まだ心のどこかでは気にしているのかも。……ダサいわね、あたし。

「……スマホは見つけたし、さっさと帰りましょう」

台本を片付けると、あたしは教室を出た。この日、あたしはもう役者を諦めて楽になっているはずなのに……少しだけまた気分が楽になった気がした。

「綾瀬さーん！」

その日の休み時間。七瀬さんがいつものように遠慮せずあたしの席にやってきた。

当然のように、校則違反のパーカーを着ているわね……。

いまは芽衣、達也や涼香がいない。きっとみんな次の授業が移動教室とかなんだろう。

七瀬さんは基本的に遠慮しない……けど、あたしに話しかける時は必ず芽衣たちがいない時で、そういう最低限の気遣いをしてくる部分が彼女の厄介なところだ。

なんなら、篤志もさっきお手洗いに行って離席中だし。

「こんにちは、七瀬さん。じゃあ帰ってくれるかしら、さようなら」

「いきなりひどくない⁉」

七瀬さんは目に手を添えて、しくしくと泣くポーズ。

あなたはそんな下手な演技しないでしょ。ちょっとムカついてきたわね。

「今日は何しに来たのかしら？」

「もちろん綾瀬さんと友達になりにきたんだよ！」

ニコッと笑う七瀬さん。この明るい性格と明るい笑顔。加えて最近はトラブルメーカーという面白い顔も持っていて、男女問わず彼女のファンになってしまう人が結構いるらしい。同時に、あいつ調子乗ってるという感じで彼女のアンチも増えているとか。

「ねえ、どうしてそこまであたしと友達になりたいの？」

あたしと七瀬さんは一緒のオーディションを受けただけ。大して深く関わってもいないのに、彼女があたしにこだわるのが不思議だった。

「それはね、これは前にも言ったことあるけど……綾瀬さんの演技がすごく好きだから」

「えっ……それだけ？」とあたしが訊くと、七瀬さんは強く頷いた。

「綾瀬さんの演技を見た時ね、この人はきっと全てを懸けて演じているんだなって思ったの。そんな人はほとんどいないし、少なくとも『夕凪』のオーディション会場には綾瀬さんしかいなかった」

七瀬さんはあたしの演技について、そんな風に語ってくれたあと、

「だからね！　私はそんな素敵な演技をする綾瀬さんと友達になりたいの！」

笑顔でそう伝えてきた。……そっか、彼女は気づいてくれたのね。あたしが演じることに何もかも捧げてきたことを……ちゃんと気づいてくれたのね。

「……いいわ、友達になりましょう」

あたしが言葉にすると、七瀬さんはきょとんとする。なんでそんな反応になるのよ。

「だから友達になりましょうって言ってるの。それとも今までのは口だけで本当はあたしと友達になりたくないの？」

「そ、そんなことないよ！　いきなりでびっくりしただけで、ものすごく嬉しいよ～！」

七瀬さんはガバッと抱きついてくる。う、うざいし、暑苦しい……。

「と、とりあえず、これからよろしく。あと離れて」

「うん！　よろしくね！　綾瀬さん！」

あたしが七瀬さんを引き剥がすと、彼女は今度はぎゅっと手を握ってきた。

綾瀬さんって……普段はあれだけ積極的なのに変なところで気を遣うのね。

「よろしくね、レナ。ちなみに、みんなあたしのことは咲って呼んでるけど、あなたは綾瀬さんで——」「よろしくね！　咲！」

あたしが言い終える前に、レナは名前で呼んできた。ちょっとした不意打ちに、少しドキッとしてしまう。……やっぱりレナは厄介な女ね。

こうして——あたしとレナは友達になった。

レナと友達になってから彼女と過ごすのはたまにだった。なんでたまにかというとレナが芽衣たちと多く過ごせるように気遣ってくれるから。いつも無茶苦茶だけど、他人が嫌なことは決してしない。レナはそういう人なんだ、と彼女と友達になって改めて感じた。

レナと過ごす時は、レナが最近の映画やドラマの話をしてくれる。

あたしはママにドラマとか見ることが禁止されているし、芽衣たちには必要ないと思ってあたしが役者だったことは明かしていないから、レナの話には自然と興味が惹かれた。

他にはお互いの好きなドラマや映画の作品、好きな演技をする役者について語ったり、時には考えが合わずに言い合いになったり。

そんなことをしながら、レナと過ごす時間は――とても楽しかった！

「そっか。咲って、もうオーディション受けたりしてないんだ……」

昼休み。屋上でレナと二人で昼食中、あたしは自ら役者を諦めたことを明かした。

友達には……いや、レナには言っておくべきかなって思ったから。

ちなみに篤志と達也は部活の昼練で、芽衣と涼香は次の授業までに未提出だったら補習がある宿題をせっせとやっている。

「そうよ、子役からなんとか頑張ってきたけど……あたしはもう役者を諦めたの。なんか騙してたみたいで、ごめんなさい」

「ううん。実は私ね、なんとなくわかってたよ。ひょっとしたら、そうなのかなって」

レナは少し悲しそうな表情に変わる。……そうだったのね。割と顔とか仕草に出ていたのかもしれない。もしくは、レナだけにわかる何かがあったのかも。

「だけど、レナとドラマとかの話をするのは楽しいから、これからも沢山話しましょう」

「うん！　私も咲と話してるとすごく楽しいよ！」

レナは本当に楽しそうに、そう言ってくれる。太陽みたいに明るいし、笑顔もびっくりするほど可愛いし、ファンになる人がいるのも納得ね。

「……でもさ、咲は役者を諦めて本当に良かったの？」

不意にレナに問われた瞬間、あたしの中で微かに、本当に微かに何かが動いた。

きっとレナが言葉にしたから、だと思う。……けれど、だからってまた挑戦しようなんて微塵も思わなかった。あんな苦しい日々に戻るのは……二度とごめんだ。

「ええ、良かったのよ」

あたしが答えると、レナは「そっか」とだけ呟いた。それから、あたしたちはいつものようにお喋りをした。やっぱりレナと過ごす時間は楽しくて……特別だった。

――しかし、あたしは〝優等生〟で、レナは〝天才〟。

そんな二人が友達でいるなんて、長く続くはずがなかったんだ。

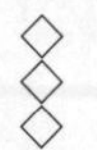

「あら、芽衣。何やってるの？」
とある日の放課後。クラスメイトたちが帰った教室で、篤志と達也は部活がないらしくいつもの五人で勉強していたら、芽衣が他のことをしていた。
「さ、咲ちゃん」と芽衣はあたしが見ようとすると、咄嗟に何かを隠す。
でもそんな芽衣の代わりに、涼香が話してくれた。

「あのね、咲ちゃん。芽衣ってイラストを描くのが得意なんだって」

「そうなの？　良いことじゃない」

「俺、イラストとか絵とか全然描けねーわ。篤志は？」「俺も苦手だな」

わちゃわちゃとみんなで話している中、芽衣はチラチラとあたしを見てくる。

「別に見せたくないなら、無理に見せなくてもいいのよ」

「そ、そういうわけじゃないけど……笑わないかなって」

「笑わないわよ。ここにいる人たちはそんなことしないわ」

あたしの言葉に、他の三人も頷く。すると、芽衣は恐る恐るイラストを見せた。

「なによ、可愛いイラストじゃない」

オリジナルなのか原作があるのか知らないけど、とにかく可愛い女の子のイラストが何個も描かれていた。イラスト描くのが得意って言うのも納得だわ。

「こりゃ上手いな」「すごーい‼」「ガチですげぇわ」

「あ、ありがとう……」

みんなから褒められると、芽衣は頬をほんのり赤くする。

――直後、涼香がこんなことを言い出した。

「こんなに上手かったら、プロとかなれるんじゃないの？　目指してないの？」

プロ。その言葉に、あたしは胸のあたりに嫌な感覚を覚える。

「確かに、プロとかなれそうだよな」

達也もそんなことを言った。篤志は……気まずそうな顔で何も言わない。

そして二人の言葉に、芽衣は——。

「うん。じ、実は……プロのイラストレーターになるのが……私の夢なの」

それを聞いた刹那、完全に反射だった。別にそんなこと訊かなくてもいいのに。というか訊くつもりなんて全くなかったのに……反射的に訊いてしまった。

「芽衣は、一日どのくらいイラストを描いているの？」

「えっ、ど、どのくらいかな？　結構描く日もあるし、あんまり描けない日もあるし」

芽衣は不明瞭な答えを返してきた。それに、あたしは少し苛立ちを覚えてしまう。

「どうして？　プロを目指しているのに、あまり描かない日なんて作っていいの？」

「そ、それは……た、たまには息抜きに別のこともしようかなって……」

その言葉に、また少し苛立ちを覚えてしまう。

「でもプロでやっていくつもりなんでしょ？　可能な限り全ての時間をイラストに捧げた方がいいんじゃないの？　それとも何？　そんなに努力しなくても芽衣には圧倒的な才能があるの？　ねえどうなの？」

「さ、咲ちゃん……こ、恐いよ……」

芽衣が泣きそうな顔で見てくる。また少し苛立ちを覚えて……徐々に溜まった感情が限界を超えそうになっていた。ここで、あたしはもう止めれば良かったんだ。

「そ、そうだよ咲ちゃん。訊いた私が悪かったから、一回、落ち着こう?」

「綾瀬、大丈夫か?」と涼香も達也も心配してくれている。

「咲、それ以上は止めよう。……な?」

篤志も心配してくれている。そうだ、もう止めよう。止めたいのに……。芽衣の泣きそうな姿が、プロとか夢とかそういう言葉をバカにしているような気がしてならなくて、どうしても感情が抑えきれなくなって――。

「半端な覚悟でプロになりたいとか軽々しく口にしないで!　そんな夢ならいっそ捨てた方がマシよ!」

……最悪だ。言い終わった直後、そう思った。自分の価値観を他人に押し付けるなんて、本当に最悪。プロを目指していたり夢を抱いている人がいても、みんながあたしやレナみたいに全てを懸けてやるわけじゃないのよ。……バカか、あたしは。

「ご、ごめんなさい。ごめんなさい……」

ほら、芽衣も泣いてしまった。涼香はそんな芽衣を慰めて、達也は驚いて呆然としていて、篤志は呆れているのか悲しんでいるのか額に手を当てている。

「咲（さき）、何してるの？」

そして最悪のタイミングで、一番会いたくない人が来てしまった。

「レナ、どうして……？」

いつの間にか教室にいたレナを見て、あたしは呟（つぶや）いた。

「さっき連絡があって、今日の劇団の練習はメインの役の人たちだけでやることになって、私はオフになったから、ひょっとしたら咲と一緒に帰れるかなって思って……」

「そ、そうだったの……」

咲はこっちをじっと見てくるが、あたしは逃げるように目を逸（そ）らす。

そしたら彼女は大きな足音を立てながら、あたしの前に来て——睨（にら）んだ。

「咲、聞こえたよ？　たしか立花（たちばな）さんだっけ？　あの子に『そんな夢ならいっそ捨てた方がマシ』とか言っているの。どうしてそんなことを言ったの？」

「そ、それは……色々あるのよ」

「色々って何、はっきり答えて。君がなんで他人の夢を否定したのかって訊（き）いているの」

レナはずっとあたしのことを睨んだままだ。段々、鋭さが増している気さえする。

彼女のこんな表情、一秒たりとも見たことがない。本気で怒っているんだと思った。

「おい七瀬！　最近、咲と仲良いからって調子に乗ってんじゃねーぞ！」

「どうしたの阿久津くん。私はいま咲と話しているんだけど？」

篤志があたしを庇おうとすると、レナは彼のことまで睨みつける。しかし彼も怯むことなく睨み返して、今にでも何か起こってしまいそうな雰囲気。

「篤志、止めて。あたしがレナと話すから……お願い」

あたしが切実に頼むと、篤志は舌打ちしながらも、あたしより後ろに下がった。

これでいい。レナの怒りを収めるには、あたしが彼女と話し合う以外に方法はない。

……この時、あたしは正直に話しても良かった。芽衣が半端な気持ちでプロを目指していること、夢を抱いていることに、腹が立ったって。

けれど話したところで、レナは怒りが多少収まることがあっても納得はしないだろうし、これ以上自分のエゴで友達を傷つけるわけにはいかなかった。

「そもそも他人の夢がどうとか、君が言える資格ないよね？」

話し合うしかないのに何も言葉に出せずにいると、レナが不意に言い出した。

「……それってどういう意味よ」「そのままの意味だよ」

あたしが訊ねると、レナは挑発するように返したあと急に指を二本だけ立てた。

「私はね、他人の夢や目標を否定する人、自分が納得していないのに夢や目標を諦める人。

この二種類の人間が嫌いなの」

レナがはっきりとした物言いで説明すると、

「今日で咲は、この二つの人間に当てはまっちゃったね」

続けて断言した。それを聞いて、あたしは反論する。

「ちょっと待ちなさいよ。一つ目はわかるわ。でも、自分が納得していないのに夢や目標を諦めるって……あたしはそんなことしてないでしょ！」

「してるよ。だって君、自分で納得してないのに役者を諦めたでしょ？」

レナは失望したような瞳で、あたしを見てくる。それはまるで今までのオーディションで、あたしのことを見てきた審査員たちのようだった。

止めろ！　そんな目であたしを見るな！

あたしだって諦めたくて、役者を諦めたんじゃない！

あたしは死ぬほど頑張って！　削れるものは全部削って！　失敗しても何度も、何度も、何度も這い上がって！　それでも！　それでもダメだったから、諦めたんだ！

それなのにこいつは、レナは……！

「〝天才〟が調子に乗ってるんじゃないわよ！」

「何？　〝天才〟って私のこと？」

「あんた以外にいるわけないでしょ！　どうしてあたしが役者を諦めたか言ってあげまし

ようか？　あんたの演技を見て！　絶望して！　『夕凪』のオーディションで思うような演技ができなくて！　また絶望して！　諦めたの！　あんたのせいで諦めたのよ！」

「それって何？　私の演技が君より上手かったから、それが原因でオーディションが上手くいかなかったってこと？　それで役者も諦めたの？」

「えぇ、そうよ！　才能っていう理不尽を感じたのよ！」

「何それ。才能なんてもので夢を諦めたの？　才能がどうとか言う前にもっと沢山練習すれば良かったでしょ？」

「したのよ！　死ぬほど練習しても！　練習しても！　練習しても！　大して実力が身につかなかったのよ！」

「それでも本当に役者として生きていきたいなら、もっと努力するべきだったんだよ！」

「ふざけないで！　あんたみたいな〝天才〟が努力なんて言葉を口にしないで！」

「私は毎日必死に練習をしてる。悔いなんて一ミリも残らないくらい練習してるよ。そして、どんなことがあっても私は夢を諦めたりしない」

「それは〝天才〟だったら何も諦めずに済むに決まってるじゃない！　あたしは違うの！　あたしはあんたとは何もかも違うのよ！」

「何が違うのさ！　私も君も演技に全てを懸けていて、同じでしょ！　本当は君だってまだ役者をやりたいって思ってるくせに！　君みたいな素敵な演技をする人が役者を諦められるわけがない！」

「うるさい！　知ったような口を聞かないで！　〝天才〟が何を言ってもムカつくだけなのよ！　あんたのことなんか、レナのことなんか——」

「レナのことなんか大嫌い！　二度とあたしに話しかけないで！」

「私も咲のことが大嫌いになったよ。二度と私に話しかけないでね」

壮絶な言い合いのあと、レナは最後に「絶対に立花さんに謝って」と言い残して教室を出て行った。あたしは……芽衣に謝った。彼女には本当に悪いことをしたと思ったから。

その後、涼香たちに何か訊かれるかと思ったけど、三人とも何も訊いてこなかった。気遣ってくれたんだと思う。あたしの友達って優しい人たちだなって、少し泣きそうになった。それから——あたしたちは五人で一緒に帰った。

こうして、あたしと七瀬レナの友情は崩壊した。

入学してたった三ヵ月。友達になって僅か一ヵ月の出来事だった。

幕間

私は――いま挑戦をしている。けれど、正直……ものすごく恐(こわ)い。

失敗するんじゃないかって、この時間が全て無駄になっちゃうんじゃないかって。

でも！　それでも私はやりたいことがあるから、目指したいものがあるから。

そして咲ちゃんのことを励ましたいから、挑戦している。

さっき恐いって言ったばかりだけど、やっぱりちょっと違うかもしれない。

恐いけど……わくわくしている自分もいる。だって私はいま大好きなことをやっているから！　こんな気持ちは生まれて初めてだった！

きっと〈優等生〉のままだったら、絶対に経験できなかった気持ちだろう。

そっか、私はいま――。

第四章　エリート

　レナと絶交して以降、彼女とは一切喋らなくなった。レナが教室に来ることはなくなって、たまに廊下ですれ違ってもお互い無視。そんな日々が何ヵ月も続いて、レナと絶交したまま、あたしは進級した。しかし、高校二年生になったばかりのある日。体育のバスケの授業でレナがいるクラスと合同授業になると、試合中、レナがボールをあたしの頭部に当てたとか当てていないとか、超くだらないことで大喧嘩をした。

しかも、たぶんレナはボールを当てていないし、当てたとしても故意じゃない。

だけどそれ以来、あたしたちは会うたびに無視ではなく口喧嘩するようになった。

「その変なパーカー、いつまで着てるの？　レナ」「今日も目つき悪いね、咲」

まあこんな感じ。そうして高校二年生はとにかくレナと口喧嘩した。

……いや、何度か本気の喧嘩になりかけたこともあるわね。

ところで、芽衣たちとはどうなっているかというと、特に変わったことはない。

……嘘ね。少し変わったことがあったわ。

でも、みんなで休み時間に喋ったり放課後に勉強したり、そこは全く変わっていない。

あと高校二年生の途中からママが一ヵ月に数回は友達と遊んでもいいって言ってくれた

から、たまに五人で遊んだりもした。きっとあたしの成績が常に学年で一桁の順位だから、ママは遊ぶことを許してくれたんだと思う。加えて、ママはあたしが高校二年生になっても、中学生の頃みたいに生徒会長になれって言うことは一度もなかった。これも成績のおかげかなって思う。……あたし、勉強の才能はあるみたいね。

けれど、ママは絶対にあたしが余計なことをしないように目を光らせている。

安心してよ、ママ。あたしがもう一度、役者をやりたいなんて言うことはないから。

そして、高校二年生の一年間も終わって——あたしは高校最後の年を迎えた。

「星蘭祭での出し物は『ロミオとジュリエット』と『リア王』の二つに絞られました。次のLHRの時間で、三年A組の出し物を決めたいと思います」

文化祭実行委員の男子生徒がそう言った。

高校三年生になって二ヵ月足らず。LHRの話し合いで十個以上あった星蘭祭の出し物が二つにまで削られた。ちなみに星蘭祭とは、文化祭のことだ。

ロミジュリとリア王って、どうして最後の文化祭が演劇なのよ。……最悪ね。

それにリア王が残った理由が、響きがリア充の王様っぽくて面白そう、っていう適当な理由。こんなのもうロミジュリに決まったようなものじゃない。……さらに最悪ね。

「桐谷くんって、リア王とか知らなそうだよね」

ムカつく元気な声が聞こえてくる。……レナだ。高校最後の年に、初めて彼女と同じクラスになってしまった。……あたしって、今年は厄年だったかしら。

「どうせロミジュリだろうから、俺、ロミオでもやろうかな」

「篤志。ロミオはね、イケメンで勤勉な性格で身持ちがいいのよ」

「つまり、俺にピッタリってことか？」

「全然似合ってないって言ってんのよ」とあたしは呆れたように額に手を当てる。

「篤志にロミオは似合わねーわ」「似合わないねー。私がやった方がマシ」

あたしたちのやり取りを見て、涼香と達也が笑う。

あたしたち五人は高校二年生の時に初めて同じクラスになって、今年で二年続けてクラスメイトになった。……しかし芽衣はあたしたちの傍にいるのに、まだ何も話さない。

「芽衣、あんたはどう思うの？」

「わ、私？　阿久津くんにロミオは……似合ってるかも、やっぱり似合ってないかも」

「篤志のことなんか、どうでもいいってことね」

あたしがそう言うと、また涼香と達也が笑った。篤志はちょっと怒ってるけど。

二年前の出来事があってから、芽衣は少し萎縮するようになってしまった。たぶんあたしの機嫌を窺っているのだと思う。それなのに、あたしは芽衣に普通に振る舞うようにしてるけど、たまに彼女に対して冷たく接してしまう。

彼女に夢を捨てた方がマシなんて言ってしまったことは本当に悪いと思っているし、だからちゃんと謝った。……でも、一回でも軽い気持ちで夢を語った彼女に何も思うなと言われても、一度真剣に何かを目指した経験があるあたしはどうしても割り切れなかった。

そして、そんな子供みたいな自分に嫌気がさす。

どっかの誰かさんが言った通り、役者を諦めたあたしが何してんのよって。

「俺、やっぱりロミオやるわ」「絶対に止めた方がいいよー」「マジで止めとけ」

篤志たちが笑顔で楽しそうに話している中、あたしと芽衣だけは笑っていなかった。

昼休みの屋上。あたしは篤志と二人きり。他の三人は以前の数学の小テストの点数が悪くて補習中だ。あの子たち、あたしとよく勉強してるのになんで頭が悪いのかしら。

「篤志、昼食の最中にスマホいじらないで。行儀悪い」

「お、おう。すまん」

最近、篤志はスマホをいじることが多い。今までそんなことあんまりなかったのに……彼女でもできたのかしら？　まああたしにとっては、どうでもいいことだけどね。

「咲はさ、ロミジュリで何やるんだ？」

「まだロミジュリって決まってないでしょ。あたしはロミジュリでもリア王でも裏方よ」

とか言いつつ、ロミジュリってほぼ決まってるけど。クラスメイトのみんなもそう話していた。きっと次のLHRで、星蘭祭の出し物がロミジュリに決まるわね。

「その……咲さ、ジュリエットやらないか？」

「いきなり何言い出すのよ。やるわけないでしょ」

「でもさ、俺がその……ロミオやるし」

「っ⁉　本気だったの⁉」

「おい、それは失礼じゃないか⁉」

だって、篤志はどう見ても全然ロミオっぽくないし、そもそも篤志って演技とかできるのかしら？　小学校の頃に学習発表会とかやったけど……全然覚えてないわね。

「とにかく俺がロミオやるから、咲もジュリエットやってくれよ。幼馴染でロミジュリって、その……なかなかロマンチックだろ？」

そう話している篤志は、少し顔を赤くしている。自分で言って照れないでよ。

「無理よ。あたしはジュリエットなんてやらないわ。裏方をやるの。そもそも文化祭とはいえ何かを演じたら、ママに怒られちゃうし」

「文化祭くらい、咲のお母さんだって――」

「はいはい、この話は終わり。あたしは食べ終わったから先に教室に戻るわね」

強引に話を終わらせると、あたしは校舎の中へ入った。

『ロミオとジュリエット』か。あたしが一番嫌いな作品ね。

だから、あたしがジュリエットを演じるなんてあり得ない。

それにジュリエット役は、必ずレナがやりたいって言い出すだろう。他にジュリエット役に立候補する人が気の毒ね。相手が〝天才〟なんだもの。勝てるはずがない。

……〝天才〟なんてこの世からいなくなったらいいのに、ね。


悪いことが一つあったら、その日は次々と悪いことが起こると誰かが言っていた。

どうやら今日はあたしにとってそんな日みたい。何故なら、星蘭祭の出し物は演劇で、しかも『ロミオとジュリエット』になりそうで、加えていまは――。

「掃除って気持ちいいね～！」

レナが気分爽快！みたいな表情を浮かべている。なんでよりによって掃除当番がレナと同じなのよ。しかも、他のやつらはどっか行っちゃうし。本当に今日は最悪な日ね。

それからすぐに終わらせようと、せっせと掃除を進めていく。

すると十五分くらいで掃除が終わってしまった。体感は一時間くらいだったけど。

さて、さっさとここから立ち去りましょう。これ以上レナと二人きりとかごめんよ。

あたしはすぐに帰り支度をして、教室を出ようとすると――。

「はい、待った」と唐突に、レナがあたしの前に立って通せんぼした。

「……何かしら。あたし帰りたいんだけど」

「ねえ咲、私と話をしよう」

それを聞いて、あたしは驚く。およそ二年間、彼女と口喧嘩以外でまともに会話をした覚えがなかったから。……でも、あたしはレナとなんか話したくない。

「嫌よ。あたしは帰るの」

「そんなこと言わないでよ。このために他の子には掃除やらなくていいって言ったのに」

「っ！　あんたの仕業だったの……！」

「他の掃除当番の人たち、私のファンだったから言うこと聞いてもらっちゃった」

レナはお茶目に笑ってみせる。高校一年生の時から彼女のトラブルメーカーぶりは年々増していって、今となっては学校で一番の問題児になっている。おかげで彼女のアンチも山ほど増えて、逆に熱烈なファンも多くなったらしい。

「とにかく、あたしはあんたと話すことなんてないから」

「私はね、リア王だったらコーディリア、ロミジュリだったらジュリエットを演じるよ」

あたしの言葉を無視して、レナが話し始める。……こいつ、本当にムカつくわね。

「……勝手に話し出さないでくれるかしら。っていうか、なによ。星蘭祭の演劇の話？　それならあたしは裏方よ。じゃあね、さようなら」

「本当にそれでいいの？　咲にとってはチャンスなのに」

「は？　なんの話よ？」

「私を倒すチャンスだって話。もし咲も私と同じ役に立候補したらオーディションになるでしょ？　だからほら『夕凪（ゆうなぎ）』のオーディションのリベンジができるかも」

レナは不敵な笑みを浮かべていた。明らかな挑発だ。

「くだらないわね。子供じゃないんだから、そんな風に煽（あお）っても無駄よ」

「もし『ロミオとジュリエット』だったら、本当の意味であの時の再戦だね」

「……うるさい。あたしは帰るの」

「気持ちいいだろうな～。自分を負かした相手にリベンジして、沢山のお客さんの前で自分の演技を全力で披露して——」

レナが話している最中、あたしは想像してしまった。

目の前には数百人のお客さんがいて、全員の視線があたしに集まって、あたしが演技をするたびに楽しんだり、悲しんだり、表情が変わって——って、あたしにそんなことできるわけないか。あたしの演技は、誰かの心を動かしたりはできないのだから。

「知らないわ、そんなの。……じゃあね」

あたしはそれだけ告げると、レナを避（よ）けて歩いていく。

——しかし。

「好きなことから逃げちゃダメだよ」

突然、レナが言い放った一言に、あたしはつい足が止まってしまった。

それから——レナは続けて言葉を紡ぐ。

「私はね、何かから逃げること自体は別にいいと思ってるの。その何かのせいで自分がやりたいことができなくて、自分らしくいられないなら逃げてもいいって。……だけどね、自分が好きなことなら話は別だよ」

レナは今までにないほど真剣な表情で訴えかけてくる。

「咲はまだ演技をすることが大好きなんでしょ？　だったら逃げちゃダメだよ」

一つ一つの言葉を、しっかりとあたしに伝えるように。

「それに前にも言ったよね。君みたいな素敵な演技をする人が、役者を諦められるわけない。演じることを諦められるわけがないんだよ」

……けど、レナは本当にあたしのことを考えてくれているんだなってわかった。

正直、ここまであたしにもう一度役者をやれって、こだわる理由はわからない。

でもね——レナにどんな言葉を言われても、あたしには響かないの。

「あたしも前に言ったでしょ？　〝天才〟に何を言われても、ムカつくだけなのよ」

最後に告げると、あたしは教室を出た。後ろからレナの声が聞こえるけど、そんなの知らない。……だって〝天才〟には、あたしの気持ちは絶対にわかるはずないもの。

「今度、文化祭があるらしいわね」

自宅で晩ご飯中、唐突にママが訊いてきた。ちなみにパパは仕事で遅くなるみたい。

「ええ、あるわ」

「文化祭の出し物って何するの？」

ママに質問されて、あたしは言葉に詰まる。これって言わない方がいいのかしら？　でも変に隠して後でバレても面倒だし……。

「演劇よ、ママ」

「演劇？　まさか、咲。あなた――」

「いいえ、あたしは何も演じたりしないわ。裏方をやるから安心して」

あたしが説明をすると、ママは安堵した顔を見せる。

相変わらずクールだから、あんまり表情変わってないけど。

「咲、絶対に役者をやってはダメよ。たとえ文化祭でもどんな役も演じてはいけないわ」

「うん、わかっているわ」

「これはね、咲の幸せのために言っているの。私の言うことを聞いていたら、絶対に幸せになれるから」

『咲は幸せになれる』『咲の幸せのために』というママの口癖は、あたしが中学の頃から変わっていない。ママはいつもあたしの幸せを考えてくれている。

そう。あたしの幸せに役者はいらないの。……いらないのよ。


晩ご飯を食べ終わってお風呂も済ませたあと。あたしは自分の部屋で勉強をしていた。

役者を諦めてから数年間。夜は毎日のように勉強をしている。試験の成績が悪かったら、ママに怒られたり色々制限をかけられたりするからっていうのもあるけど、他にやることがないから勉強してる感じだ。そうして勉強を二時間してから、数分だけ休憩する。

ちょっと冷えてきたから、部屋着の上にパーカーを着ることにした。

あたしの好きな水色で、表に黒い点みたいな目とギザギザの口がデザインされたお気に入りのパーカー。……それなのにレナが普段着ているパーカーと同じメーカーだ。

レナと同じメーカーのパーカーなんて着たくないんだけど、彼女と出会う前から持っていたし、お気に入りだったし。ここであたしがパーカーを着なくなったら、なんかレナに負けた気がするから、逆に着れる時期は毎日着てやってる。

……さて、そろそろ勉強を再開しようかしら。

パーカーを着たあと椅子に座ろうとしたら、ある物が目に入る。

本棚に立てられていた――『ロミオとジュリエット』の台本だった。星蘭(せいらん)祭の出し物のやつじゃない。そもそもあっちはまだロミジュリをやるか正確には決まってないし。

じゃあ何かというと『夕凪』のオーディションの時に使った台本だ。

他の台本とかは全部捨てているし、本当はこれも捨てるべきなんだろうけど、あたしは敢えて自分の部屋に置いている。ママにも理由を説明して、許可を取っている。

その理由とは、自分への戒めだ。

役者を諦めたあたしが、また大女優を目指すなんて愚かなことはしないように。

この台本を見たら、レナの演技を思い出して絶対に大女優を目指そうなんて思わない。

いつもそう。三日前も、一昨日も、昨日も。

一瞬でも、もう一度だけ大女優を目指したいって思いが芽生えても、消え失せた。

いつもそうなのに……。

——たったいま、あたしは台本に手を伸ばしてしまった。

そのまま台本を開いて、読んでいく。

ジュリエットのセリフの部分に、バカみたいに書き込みをしていた。

いつか見た、レナの『夕凪』の台本のように……いや、それ以上の書き込みの量。

どうやって演技をするのか、このセリフはどんな風に言うのか、ここは間を空けた方がいいのか、間をあけるなら何秒くらいか、このシーンのジュリエットはどんな心情か、全てを敵に回しても誰かと添い遂げたいという想いはどんな気持ちなのか。

台本を読み進めていくにつれて、あたしは『夕凪』のオーディションにどれほど必死だったかだけじゃなく、命を懸けて大女優を目指していた日々も鮮明に思い出していく。

そして、ジュリエットのセリフを読むたびに、なんとしても愛する人と添い遂げようとする彼女の勇ましさに惹かれて——演じてみたい、と思った。

こんな素敵な女性を、誰かの前で演じることができたら楽しいだろうなって。

「……でも、あたしではダメなのよ」

あたしの演技の才能では、実力では、彼女の魅力を引き出すことができない。

あたしが演じたら、ジュリエットに失礼なの……。そんなあたしが、レナみたいな〝天才〟に勝てるわけない。なんてったって、あたしは〝優等生〟だから。

……勉強に戻ろう。そう思ったと同時に、台本を閉じた。

そして——台本はゴミ箱に捨てた。

『誰も私が夢を見ることを止められないの』

子供の頃から、あたしは数えきれないくらい何度も同じ夢を見ている。

舞台の上に女性が立っていて、貧相な服装をしている。でも、服装とは正反対のとても前向きな言葉を口にする。……まあ全て演技なんだけど。

それでもあたしはその女性に、というより演じている女性に何度も惚れた。
もしかしたら百回くらい同じ光景を見ているはずなのに、全てその女性に惚れた。
……これって本当に夢なのかな。ひょっとして、あたしはどこかで――。

「夢ね」

スマホのアラームで起きて完全に意識が覚醒したあと、呟いた。そういえば明日、クラスの出し物を決めるLHRがあるわね。ついでに配役もある程度決めるらしい。あたしにはどうでもいいことだけど……。あたしは今日も明日も、正しく生きるだけよ。

学校が終わって放課後。今日は篤志も達也も部活がないらしくて涼香や達也に五人で遊ぼうと誘われたけど、今月はもう何回か遊んでいて、これ以上遊ぶとママに何か言われそうだから、他の四人には悪いけど、あたしは大人しく帰ることにした。

そしたら、涼香たちも一緒に帰るって言い出して、あたしは彼女たちと帰り道の途中まで一緒に帰ったあと別れた。いまは住宅街を篤志と二人きりで歩いている。

「明日だな。演劇の題材決めんの」「そうね。九割方、ロミジュリだけど」

「……なあ、ジュリエットやらないのか？」「あんた、まだ言うのね」

どっかのパーカー女にそっくり。ちなみに昨日に続いて学校ではレナがまた絡んできたけど、全部相手にしなかった。

「俺はさ……その、咲(さき)と一緒に演じてみたいんだよ」

「幼馴染(おさななじみ)でロミジュリやるとロマンチックだから？　篤志(あつし)って随分とロマンチストね」

「その話は建て前みたいなもんだよ。本当の理由じゃねー」

「？　じゃあなんなのよ？」

あたしが訊(たず)ねると、篤志は茜色(あかねいろ)に染まっている空をぼんやりと眺めながら答えた。

「俺はただずっと自分が憧れている人と一緒の舞台に立ってみたいんだ」

「憧れって……篤志があたしに……？」

あたしが訊(き)くと、篤志は頷(うなず)いた。そして、彼は楽しそうな笑みを見せながら語った。

「ガキの頃からさ、咲はずっと俺の憧れなんだよ。自分の全てを懸けられるほど大好きな何かと出会って、そのために本当に全てを懸けられる咲に俺はずっと憧れている」

「そ、そう……でも、いまのあたしは何もしていないけどね」

「そんなことねーよ。咲はずっと悩んでたじゃねーか。中三の途中で役者を諦めても、今日までいつも心の中で少しでも悩んで、悩んで、悩み続けてたろ？」

「そ、そんなことは……」

「そんなことあるんだよ。俺は咲の幼馴染で、咲の家族を抜いたら誰よりもお前の傍(そば)にいたからわかる。だから、今まで咲が何もしてない時なんて一秒たりともないし、そんなお前に今も俺は憧れ続けているんだ」

篤志は自信ありげに断言する。なんであたしのことを、あたしよりも知っているような口ぶりなのよ。困った幼馴染ね。……でも彼の言葉は嬉しい。嬉しいけど……。

「ごめんなさい。それでもあたしはジュリエットを――」

「俺はさ、もう咲が余計に傷ついたりしないようにお前を守ることばっか考えていたんだ。でもな、すげぇ今更だけど、それは間違っているんだって気づいた。どれだけ守っていても咲のためにはならないって……」

不意に篤志が言い出した。それにあたしは困惑する。

……一体、なんの話をしているの？

「咲はさ、ちゃんとお前の背中を押してくれる人さえいたら、また大女優を目指せるようになると思う」

「えっ、どういうこと……？」

「でも、その役目はたぶん俺じゃないんだ。だってさ――」

あたしが戸惑っていても、篤志は構わず話し続ける。

そうして最後に彼はこっちに振り向いて――。

「俺はまだ自分の全てを懸けられるくらい、大好きなことを見つけられてないから」

その言葉と共に今度は悲しそうに笑った。

篤志の話はまだ全部は理解できていないけど、最後だけはわかった。いま篤志はバスケをやっているけど……バスケは彼にとって全てを懸けられるものじゃなかったのね。

それはわかった。でも、じゃあ他の話は何？　あたしの背中を押してくれる人？

「咲ちゃん、おひさ～」

唐突に女性の声が聞こえてきた。軽くて、いかにもテキトーな性格してそうな声。

だけど、あたしは知っている。彼女がどれだけあたしに尽くしてくれたかを。

「友香っち……！」

「そうです。君に会うために、出来る限りの仕事を爆速で終わらせた友香っちでーす」

相変わらず美人の友香っち。この人は歳を取らない魔法にでもかかっているのかしら。

「……何しにきたのよ。ていうか、どうしてここに？」

「俺が連絡したんだ」と篤志がスマホを見せてくる。それであたしは大体理解した。最近、やたらスマホをいじってたけど……そういうことだったのね。

まさか篤志がわざわざ『アイリス』に連絡を取るなんて……。

「篤志、どうしてこんなこと――」

「さっきも言ったろ？　守っていても咲のためにならないって」

「だからって友香っちを呼んでも、今更あたしの気持ちは変わらないわ」

あたしが完全に役者を諦める時、友香っちには止められたけど、あたしの気持ちは動かなかった。何年ぶりに再会をして、また説得されても結果は同じに決まっている。

「咲ちゃんを説得するのは、私じゃないよ」

「は？　じゃあ誰がするのよ？　……沙織さん？　沙織さんでしょ？　あのね、沙織さんと話したってあたしの気持ちは——」

「世界で一番の咲ちゃんのファン」

友香っちがぽつりと言葉にした。同時にあたしは話す口が止まって、そのまま何も言えなくなってしまった。そんな中、もう一度友香っちが言葉にした。

「世界で一番の咲ちゃんのファンがあなたを待っているよ」

世界で一番のあたしのファン。すぐに思い浮かぶ。あたしが役者として活躍していても、どん底にいても、いつだってずっとあたしのファンであり続けてくれた人。……でも。

「なによ、待ってるって。一体どういうことよ？」

「一緒に来ればわかるよ。近くに車を停めてる」と友香っちは車がある方向を指さす。

「なによそれ。全然意味わかんないのに一緒に来いだなんて……」

「咲、頼む。今だけでいいから筒井さんと一緒に行ってくれないか？」

篤志は両手を合わせて深く頭を下げる。必死に頼んでいるのがわかる。……篤志。

「……しょうがないわね、わかったわ。友香っち、一緒に行ってあげる」

「そっか。ありがとう、咲ちゃん」「ありがとな、咲」

二人からお礼を言われた。まだ付いて行くだけなのに感謝しすぎね。ママには……図書館で勉強してたとか言ったら一日くらいは大丈夫。高校生になってから、それくらいの信用は得ているから。それから──あたしは友香っちに案内されて彼女の車に乗った。

「ここって……!?」

車で移動すること約十分。連れてこられた場所は『アイリス』の事務所だった。

「なんで事務所なのよ。本当にあの子はいるの？」

「いるよー。まあどうしているの？　とか細かいことは本人から聞いてね」

友香っちに案内されるがまま、あたしは『アイリス』の事務所の中へ。

彼女が事前に連絡をしていたのか、いまは部外者のあたしもすんなり入れた。

そのまま事務所内の会議室の一室の前に連れてこられると、

「私がいたら邪魔だろうし、案内はここまでね」

友香っちはあたしから会議室のドアまでの道を空ける。

「じゃあ、ゆっくり話しておいでー」

「あたしは未だによくわからないままなのに、ゆっくり話すも何もないでしょ」

適当な言葉を言ってくる友香っちに、あたしはちょっとムカつきながら言葉を返した。

でも、本当にこの部屋にあたしの唯一のファンがいるのなら――。

あたしは心臓を高鳴らせて、ドアを開いた。

――すると、部屋の中には一人の少女が座っていた。

お人形さんみたいに可愛(かわい)い少女だった。なんなら小さな人形を両手で抱きしめている。

よく手入れされていそうなサラサラの髪はミディアムくらいまで伸ばしている。

宝石みたいな透き通った瞳。小さくてキュートな唇。

一目見ただけで、同性でも恋に落ちてしまいそうな整った容貌。

世の美少女の中でも、かなり抜きんでた美少女だった。

そして、美少女はあたしを見た瞬間、驚いたように立ち上がる。

「こ、ここ、こんにちは。わ、私は乙葉(おとは)依桜(いお)です。咲ちゃんの大大大ファンです」

美少女は、明らかに緊張した様子で自己紹介をした。

この日。あたしは初めて世界で一番のあたしのファン――依桜ちゃんと出会った。

「初めまして。あたしは綾瀬(あやせ)咲よ」

依桜ちゃんと対面するような席に座ってから、あたしも自己紹介をした。

「し、知ってます。わ、私。ずっと咲ちゃんのことを応援していて、さ、咲ちゃんのことが大好きで——ごほっ！　ごほっ！」

「だ、大丈夫!?　ひょっとして風邪とか引いているの？」

「大丈夫です。き、緊張しすぎて、話していたらむせただけですから」

ほ、本当に大丈夫かしら。さすがに緊張しすぎだと思うけど……。

でも反応からして絶対にあたしのファンであることは間違いないし、この子が依桜ちゃんってことも間違いない。それにしても、とんでもなく可愛い子ね。まさかこんな子があたしのファンだったなんて……。

「へ、ヘアピン着けてくれているんですね。う、嬉しいです」

「えっ……そ、そうね」とあたしはそれだけ返す。さすがに依桜ちゃんを傷つけないようにっていう、自己満足で着けているなんて言えないわね……。

「その、依桜ちゃんが持っている人形ってあれよね。あたしが子役の時の……」

依桜ちゃんが抱きしめている人形を指さす。頭はウサギの耳みたいなのが付いていて、体は手足がなくゲームによく出てくるスライムみたいになっている。

「はい。咲ちゃんが子役の時に出演したCMの『ぴよこ丸』です」

「な、懐かしいわね」

子役で人気だった頃、あたしはCMに出ることも多く、その中の一つに『ぴょこ丸』のCMも含まれている。あたしが宣伝してもあんまり売れなかったのに、あたしが売れなくなった途端、遅れて人気が爆発したのよね。……なんか複雑な気分。

「でもそれ、最初期の『ぴょこ丸』よね？　どうやって手に入れたの？」

「もちろんCMが放映されてから、すぐに買ったんです。正確には、当時はまだ子供だったので、香織さ——親戚の人に買ってもらったんですけど……」

依桜ちゃんは、ちょっと恥ずかしがるように話す。発売当時に買ったってことは、もうだいぶ経っているはず。それなのに傷も汚れも一切ないし……相当大切にしてくれているのね。……そっか。やっぱり依桜ちゃんは、ずっとあたしのファンでいてくれたんだ。

「依桜ちゃん、ずっとあたしのファンでいてくれてありがとね」

「い、いえ！　わ、私は咲ちゃんが大好きなので、ずっと咲ちゃんのファンなのは当然のことです！」

依桜ちゃんは顔を少し下に向けて、緊張気味に答えた。

……さて、前置きはこれくらいにして、ちゃんと話さないと。

本当はあたしが友香っちにここに連れてこられたから、依桜ちゃんが進行しないといけないんだけど……そういうタイプではなさそうだしね。

それにあたしからも依桜ちゃんとは、沢山話したいことがある。

「そういえば、どうして依桜ちゃんは『アイリス』にいるの？　もしかして友香っちが拉致して連れてきたの？」

「ち、違います⁉　じ、実は私、高校生になってから『アイリス』に所属していまして」

「所属って……『アイリス』に入ったの⁉」

依桜ちゃんはこくりと頷く。それから友香っちは、依桜ちゃんのマネージャーだって説明された。確かにうちの事務所はアイドルとかもいるし、彼女レベルの美少女だったら入れそうだけど……。

「じゃあなに？　アイドルとかモデルとかやっているの？」

あたしの問いに、依桜ちゃんは首を横に振る。

「私は……役者をやっています！」

「っ！　役者って、またどうして……！」

別にアイドルやモデルを舐めているわけじゃない。その二つの職業だって必死にやらないと一流にはなれないだろう。ただ依桜ちゃんほどの容姿なら、役者よりもアイドルやモデルになる方が、何事もより有利に進むと思う。

あたしは知っている。役者はどれほど見た目が良くても、演技がダメだったら終わり。一瞬で見限られてどん底に落ちる。しかも、そこから這い上がるのは至難だ。

「そんなの決まっているじゃないですか」

すると、依桜(いお)ちゃんはこっちを真っすぐに見つめてそう言う。表情は真剣そのものだ。

そして、彼女は今までとは違いはっきりとした口調で——言葉に出した。

「私は咲(さき)ちゃんにもう一度、大女優を目指して欲しくて役者になったんです」

それを聞いて、あたしは驚く。

「あたしが大女優を目指せるようになって……」

「はい。咲ちゃんのファンがこうして役者になったら咲ちゃんのことを励ませるかなって思って。もちろんそれだけってわけでもなくて、私は咲ちゃんの演技に憧れて、役者という仕事に憧れて、だから『アイリス』に入って役者をやっているんですけど」

依桜ちゃんは自分の考えをしっかりと伝えてくる。彼女がこんな風に言ってくるのは、正直意外だった。部屋に入った時はおどおどしていて、話している時もあたしのファンってこともあるけど言い淀(よど)んだりしていたから。……でも。

「ごめんね。あたしはもう大女優を目指す気はないの。あなたに渡した手紙にも書いたけど、あたしには才能も実力もないから……」

あたしは知っている。七瀬(ななせ)レナみたいな〝天才〟がいることを。まだ出会っていないだけで、きっと他にも何人もいる。それなのにあたしが大女優を目指すなんて……。

「才能も実力もなかったら、大女優を目指してはいけないんですか？」

「え……？」

あたしが訊き返すと、依桜ちゃんは少し話を変えて自分のことを喋り出した。

「この間、初めてドラマの役をもらえたんです。小さな役でセリフが数個しかないんですけど。その役をもらうまでに私は百回くらい、オーディションに落ち続けました」

そう語る彼女はもう言葉に詰まったりせず、緊張もない。

ただあたしに必死に何かを伝えようとしていた。

「百回って……」

「そうです。私も同じなんです。役者の才能がないんです。実力もないんです」

役者の才能も実力もない。オーディションに百回も落ちている。

……なのに、依桜ちゃんの瞳は全く死んでいない。

「それでも、私は大女優になることを目指します」

むしろ、強く輝いている気がした。

「依桜ちゃんが大女優に……」

「そうです。最初は咲ちゃんのことを励ますためと役者に憧れて、私は役者になりました。でも演技のことを教わったり、教わった演技をさらに磨くために、ボランティアとして地元の小さな演劇に出てお客さんの前で演技をしたりするうちに、演技が大好きになって！

私も咲ちゃんと同じように大女優になりたいと思うようになったんです！」

依桜ちゃんは希望に満ちた表情で語る。かつてのあたしのように。

「私と咲ちゃんが思い描く大女優は、ひょっとしたら全然違うかもしれないですけど」

最後に依桜ちゃんは照れくさそうに言って、話を終わらせた。

あぁ、そうか。この子は何も知らないんだ。あたしの演技で役者になりたいって思ってくれたことは素直に嬉しい。……でも、それはつまり彼女を役者の世界に連れてきてしまったのがあたしってことだ。だったら、あたしはその責任を取らなくちゃいけない。

「その……あんまりこんなこと言いたくないけど、依桜ちゃんはまだわかってないのよ。役者っていうものがどれだけ理不尽か。あなたは才能と実力がなくても大女優を目指すって言ったけど、何も持っていない人が大女優になんてなれるわけ——」

「〝生きる〟って、どういうことだと思いますか？」

本当に唐突な質問だった。しかも、今までの話の流れを全てぶった切るような、意味のわからない質問。あたしは思わず話を止めてしまった。

「咲ちゃん、答えてくれますか。〝生きる〟って、どういうことだと思いますか？」

真っすぐにこちらを見つめて、再び訊ねてくる依桜ちゃん。

決してふざけているわけじゃなくて、大切なことだって伝わってくる。

それなら……と。あたしも真剣に考えて、答えることにした。

「生きること……心臓が動くことかしら？」

あたしの答えに、依桜ちゃんは首を横に振った。違うのね……。

「じゃあ呼吸をすること？」

それに依桜ちゃんはまた首を横に振った。ま、また違うのね……。

他には、他には……。

「死に怯（おび）えること。これはどう？」

あたしが自信を持って答えると、依桜ちゃんは今までで一番大きく首を横に振った。

こ、これも違うのね。全然当たらないじゃない……。

「心臓が動いてさえいれば生きているのでしょうか？　呼吸さえしていれば生きているのでしょうか？」

依桜ちゃんは、あたしの答えを繰り返す。

「ただ死にたくないから生きる。それは生きているのでしょうか？」

また繰り返す。

次いで、もう一度首を横に振った。

「私はどれも違うと思います。きっと〝生きる〟ってことは――」

そして最後に、依桜ちゃんはあたしに答えを与えてくれた。

「大好きなことのために、自分の命という時間を使うこと」

その言葉を聞いた瞬間、あたしは自然と鼓動が跳ね上がった。

「それが〝生きる〟ってことだと、私は思います」

「大好きなことのために、命を使う……」

「そうです。生きていることを人生を歩んでいるって言うことがあると思うんですけど、それってつまり人生の終わりに近づいていること、だと私は思うんです」

依桜ちゃんは一つ一つの言葉がよく伝わるように、ゆっくりと語る。

人生の終わりに近づいている……そんなこと考えもしなかった。

「それなら終わりに辿り着いてしまうまで、人生という、命という時間を、全部大好きなことのために使った方がいいに決まってますよね」

けれど、大好きなことだけをやるのは難しい。何故なら、大好きなことをやるにもお金が必要だったりするから。

そもそも、大好きなことをまだ見つけられていない人だっているだろう。

でも、大好きなことをやるためにお金を稼いだりすることや、大好きなことを探すこと、それらも同じく〝生きる〟ってことだと、依桜ちゃんは話した。

「私の両親は父が医者、母が弁護士。二人とも頭が良くて教育に力を入れていたため、私は子供の頃から毎日、一日中勉強をさせられていました」

それから依桜ちゃんは話を続けた。

ずっと勉強させられていたけど、依桜ちゃんは気弱な性格だったから止めたいとは言い出せなかったらしい。しかも学校の成績は常に学年で一番、それどころか一つ上の学年の人たちよりも遥かに頭が良かった。

だから両親に従って勉強を続けていたら、みんなが思い描くような幸せが手に入る。

毎日一日中、勉強することは苦しいけど、幸せが手に入るなら正しい人生なんだろう。

そして、これが〝生きる〟ってことなんだと、彼女は子供ながらに思った。

「でも咲ちゃんの演技を見て、咲ちゃんのファンになって、咲ちゃんと同じように役者になって、大女優を目指したいと思って。たとえオーディションでも練習でも演技を、大好きなことを繰り返すうちに思ったんです。これが〝生きる〟ってことなんだって」

話し終えた依桜ちゃんの瞳は、より一層輝いて見えた。

……カッコいい。相手はあたしのファンなのに、ついそう思ってしまった。

「いま咲ちゃんは〝生きて〟ますか？」

不意に、依桜ちゃんから質問が飛んでくる。

「あ、あたしは……」

答えは出ている。いまのあたしは〝生きて〟いない。

大好きなことに時間を使ったりなんか、一秒たりともしていない。

そう理解してから、あたしは考えてしまった。

このまま〝生きて〟いない人生でいいのかって……。

「咲ちゃん。ここでいきなり大女優を目指そう、とまでは言いません。今まで咲ちゃんが味わった苦しみは私にはわかりませんから。……でも、また大好きなことを、どんな形でもいいので役者をやってみることから始めませんか？」

「そ、そんな……今さら役者をやる意味なんて……」

「大好きなことだからやる。役者をやる意味なんてそれだけで充分です！」

依桜ちゃんはにこりと笑って言葉を返すと——そのまま続けた。

「たとえまだ夢を追うことができなくても、大好きなことはやったっていいんです！　大好きなことを続けていくうちに、一歩一歩進んでいくうちに、〝生きていく〟うちに、また夢を追いたくなったら、その時は全力で追いましょうよ！」

依桜ちゃんの言葉に、あたしは心が震えてしまった。

今までのあたしは大女優を目指し続けるか、役者を辞めるかの二択しかなかった。

だから大女優になれないと自分が思った以上、役者なんて続ける意味がないと思っていた。……でも、そっか。たとえ夢や目標がなかったとしても、あたしは演じることを、大好きなことをやってもいいのね。

そう思ったら、段々と不安が薄れていき心も軽くなっていった。

「ありがとう、依桜ちゃん」

気づいたら、あたしは依桜ちゃんにお礼を言っていた。

だって――あなたの言葉はちゃんとあたしに届いたのだもの。

「あたしね、もう一度役者をやってみるわ」

依桜ちゃんが言った通り、ここでまたすぐに大女優を目指すのは、正直恐い。

それでも！　あたしはまた演じることをしたい。大好きなことをしたい。

〝生きる〟ってことをしたい！

結局、それほどまでに、あたしは演じることが大好きなんだ。

「本当ですか！　私、嬉しいです!!　ものすごく嬉しいです!!」

あたしの言葉の途中、依桜ちゃんはぱぁーっと嬉しそうな表情を浮かべた。

か、可愛い顔するじゃない。あたしより可愛いかも……。

「その、握手してもいいですか！　咲ちゃんと握手したいってずっと思ってたんです！」

「お、落ち着きなさい。あとそんなに迫ってこないで。ちょっと恐いわよ」

自分の席から飛んできた依桜ちゃんが、興奮気味に近づいてくる。

その後、あたしは彼女に頼まれて、握手やらサインやらをした。

あたしに色々言っていたから忘れていたけど、この子あたしのファンだったわね。

そうして、あたしと依桜ちゃんは少しだけ雑談をした。

依桜ちゃんはいま『アイリス』で役者をやっているけど、入所オーディションを受ける時点ですでに両親と大喧嘩したらしくて、どうにかして母親の説得には成功したものの、父親の方は完璧には説得できていないみたい。

彼女の父親は仕事でほとんど家にいないらしいけど、たまに顔を合わせると気まずくなるらしい。元々そんなに仲良くないからいいですけど、と依桜ちゃんは最後に話した。

「ねえ依桜ちゃん。あなたは大女優を目指すって言ったけど……その、もし大女優になれなかったらどうするの？」

依桜ちゃんの話が終わったあと、あたしは気になって訊ねた。もし夢が叶わなかったらって想像すると、恐くないのかなって。——でも、依桜ちゃんは。

「もしダメだったら小さな劇団でも作って、自腹で小さいホールでも借りて、数人のお客さんに無料で私の下手な演技を披露します。そうやって〝生きていきます〟よ！」

満面の笑みでそう言ってのけた。

夢が叶わなかった時は、その時はその時だって。そんな軽い感じで。

あたしは思わず笑ってしまう。この子、どんだけメンタル強いのよって。

「そうでした！　もう一つ、咲ちゃんに伝えなくちゃいけないことがありました」

すると、依桜ちゃんはパチンと手の平を合わせてそう口にした。

「伝えなくちゃいけないことって、何かしら？」

「私はですね、たとえ才能も実力もなくても、大女優になれる可能性は小さくないと思っているんです」

依桜ちゃんはそこで――また笑った。

「だって咲ちゃんが才能も実力もなかったとしても、いつだって私は〝生きる〟ことをしていた咲ちゃんの演技に心を動かされていましたから」

そんな彼女のたった一つの言葉が胸いっぱいに溢れた。……初めてだった。ファンから直接、演技の感想を言われたことが。それにファンレターで一度伝えられたことがあるとはいえ、彼女は本当にあたしの演技で心を動かされていたんだ。……良かった。

子役の頃に、ドラマや映画のスタッフや監督から言われたものとは全然違って、彼女の言葉は心の底から嬉しくなった。今すぐにでも泣きたくなるほどに。

……さすがに、ファンの前で泣いている姿は見せられないけどね。

「依桜ちゃん。本当にありがとう」

代わりに、あたしは心から感謝を伝える。それから自分のスマホを取り出した。

「ねえ依桜ちゃん、連絡先を交換しましょう」

「えぇ⁉　い、いい、いいんですか！」

「あたしからお願いしてるのよ。いいに決まってるでしょ」

あたしがそう言うと、依桜ちゃんもスマホを出して連絡先を交換した。

依桜ちゃんはスマホに頬ずりをしている。……喜び方がすごいわね。

「これで、あたしと依桜ちゃんは友達ね」

「と、友達⁉　そ、そんな咲ちゃんと友達なんて恐れ多いです……⁉」

「何言ってんのよ。ファンはこんな風にあたしと連絡先を交換しないわ。それにあたしが依桜ちゃんと友達になりたいのよ」

「咲ちゃんと友達……」と依桜ちゃんは呟くと――急に泣き出した。

「えぇ⁉　どうして泣いてるの⁉」

「う、嬉しすぎて……ご、ごめんなさい」

「そ、そう、それは良かったけど……もうしょうがない子ね」

あたしが常備しているポケットティッシュを渡すと、依桜ちゃんは涙を拭いてぴーっと鼻をかむ。まるで世話のかかる妹みたいね。

「言っとくけど、これから敬語とちゃん付けは禁止よ。ファンだった頃と同じ呼び方だと友達になった気がしないもの。あたしもあなたを依桜って呼ぶから」

「敬語とちゃん付け禁止……無理です」

「無理じゃない。ちゃんとやりなさい、これは命令よ」

あたしが軽く睨むと、依桜はひぃっと怯える。あたしにビシッと言った時の威勢はどこに行ったのよ……。

「わ、わかりま……ワカッタヨ、サ、ササ、サキ」

「めちゃくちゃ片言だけど……今はまあいいわ」

これはちゃんと話せるようになるまで、時間がかかりそうね。ふと室内の壁に掛けられている時計を見ると、会議室に入って一時間くらい経過していた。

そろそろ帰らないと、ママを誤魔化せなくなるかもしれない。

「ごめんね依桜。もう帰らないといけないんだけど、最後に一つだけいいかしら？」

「は、はい――じゃなくて、うん。ど、どうしたの？」

不思議そうな顔をした依桜に、あたしは質問を投げかけた。

「依桜が思い描く大女優って、どんな女優なの？」

単純に気になっていた。依桜がなりたいと思っている大女優はどんな女優なのかなって。

すると、依桜は恥ずかしがることもなく堂々と答えてみせた。

「私の演技を一瞬でも見ただけで、私のことが大好きになる女優だよ！」

依桜（いお）の答えを聞いた瞬間、あたしはつい笑ってしまった。

彼女は訳もわからずキョトンとしていたけど、この時あたしは嬉（うれ）しかったの。

乙葉（おとは）依桜が、あたしが思い描くものと全く同じ大女優を目指していることが。

この日、あたしは今後、一生涯を共にする友達ができた。

そして——あたしはもう一度、役者をやることから始めることにした。

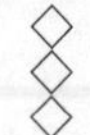

翌日。LHRの時間に演劇の題材が予想通り『ロミオとジュリエット』に決まった。

「では次に、配役を決めていきたいのですが、まずジュリエ——」

「はい！　はいはい！」

文化祭実行委員が話している途中、勢いよく手を挙げたのは、レナだ。

そんなに急がなくても、役は逃げたりしないわよ。

「七瀬（ななせ）かよーつまんねー」「あいつ目立ちたがりねー」「……そうだね」

「やっぱり七瀬が来やがったか……」

篤志たちが各々反応を示す。二年前、あたしとレナが言い合ってから、篤志は元々だけど涼香と達也もレナアンチになってしまった。ちなみにうちのクラスはレナアンチが八割を占めている……どうやったら、そんなに嫌われるのよ。

「では、他に誰かジュリエット役をしたい人はいますか？」

文化祭実行委員が訊ねるが、誰も手を挙げない。当然ね。セリフが多くて大変な主役を進んでやりたがる人はなかなかいないもの。

だから、普通ならジュリエット役はレナで決まり。……普通ならね。

「それでは、ジュリエット役は七瀬さんということに――」

「待って！」

教室に鋭い声が響いた。……まああたしの声なんだけど。

「あたしもジュリエット役に立候補するわ」

続けて言った瞬間、クラスメイトたちがざわつく。まさか綾瀬がジュリエットを!?みたいな感じで。芽衣、涼香、達也も椅子から転げ落ちそうなくらい、びっくりしていた。

でも、篤志は一人だけ嬉しそうに笑っていた。彼には今朝話したから。あたしがジュリエット役をやることも、もう一度役者をやることにしたことも。

「あれ、咲もジュリエットやりたいの？」

先にジュリエットに立候補していたレナが、挑発気味に訊いてきた。

「そうよ。何か文句ある？」

「ううん。別に文句なんてないけど」

レナはこっちに視線を飛ばしつつ、でも少し口元が緩んでいるように見えた。

随分と余裕そうじゃない、相変わらず腹立つわね。

それからジュリエット役は、三日後にオーディションで決めることになった。その日がレナに『夕凪』のオーディションのリベンジをする日だ。

見てなさい、レナ。〝優等生〟が〝天才〟をぶっ倒してあげるわ。

これは依桜と初めて出会った日の夜の話。あたしは再び役者をやることに決めた……が同時に、大好きなことをやるには、ママの説得もしないといけなくなった。

たぶん真正面からもう一度役者をさせてくださいって言っても、百パー無理。

じゃあどうしようかと考えた結果……あたしは依桜に相談することにした。

自分でも情けないとは思ってるわよ？　でも、緊急事態だから仕方ないじゃない。

それに依桜は、既に母親の方は説得して自分が大女優を目指すことを認めてもらっているみたいだから、かなり参考になる意見を出してくれるはず。期待を抱いてメールを送ると、十秒くらいで返信がきた。……あたしの部屋に、監視カメラとかないわよね？

『咲ちゃんのお母さんの前で、咲ちゃんが真剣に自分の演技を披露したらいいと思うよ。そうしたら咲ちゃんが本気だってお母さんにも伝わるよ！』

……敬語はなくなってるけど、ちゃん付けで呼んでるわね。

それはともかく、ママにあたしの演技を披露する……か。

そういえば、あたしの演技をママに見せたことって、子役で活躍していた頃以来、一度もない気がする。役者の仕事が少なくなってから、ママは現場に来なくなったし。

まあ仕事が減り出してからの仕事は、セリフが数個だけの役とかだったから当然ね。

……よし、決めた！　あたしはママの前で演技を披露する！

もうそれしか、いまのママを説得できる方法がない気がするし。もしダメだったら……その時に考えよう。せっかくもう一回大好きなことをやるのに、初っ端から恐がってもしようがない。運よく、ママの前で演技を披露する場にふさわしいイベントがあるし。

星蘭祭の出し物は演劇だ。そこでママに演技を披露すればいい。

それに、また役者を始める一歩目としても、これ以上ない舞台。

しかも、題材はきっと『ロミオとジュリエット』になる。

ジュリエットはあたしが得意な役柄だし、ママの前で演じるならジュリエット一択。

そのためには七瀬レナという〝天才〟を倒さないといけないけれど……上等ね。レナを倒して、ジュリエットを勝ち取ってみせようじゃない。

『夕凪』のオーディションのリベンジをして、ママにあたしのジュリエットを披露して。

あたしは誰にも文句を言われずに大好きなことをやるのよ。

いつかまた夢を追うことができるように、ね。


——というのが、あたしがジュリエット役に立候補した経緯。もちろん元々、ジュリエットを演じてみたかったという想いがあったことも少なからず理由にあるわ。

「さすれば、私も今を限りキャピュレットの名を捨ててみせますわ！」

ジュリエット役に立候補した日の放課後。あたしは誰もいない教室でオーディション用の台本を読みながら、ジュリエットの演技をする。まあ台本と言っても、誰もが知っている『ロミオとジュリエット』の名シーンのセリフが書かれているだけなのよね。

「おぉ、さすが咲！　めっちゃ演技上手いな！」

パチパチと手を叩く篤志。部活がないらしく練習に付き合ってもらっている。

てっきり涼香と達也は自分たちも手伝うって言ってくるかと思ったけど、そうじゃなかったわね。……なんか最近、篤志と二人きりになるように仕組まれている気がする。

芽衣は……手伝うとも手伝わないとも言わなかった。

「ありがと。次は最初に戻って篤志の番よ。『ああ、ロミオ様』の一つ前のセリフ」

「お、おう。……でもさ、これって俺いるの？」

「ええ。ロミオのセリフを聞きつつ、どんな演技が一番いいか何度も考えたいの」

加えて、あたしには自分の部屋のゴミ箱から取り出してきた『夕凪』のオーディション の時の『ロミオとジュリエット』の台本がある。それには当時どんな風にジュリエットの演技をしようとしていたか、が大量に書き込みされてある。

『夕凪』のオーディションの時の台本を確認しつつ、実際にロミオ役を添えての練習を繰り返して自分の演技をひたすら高める。これを反復してなんとかレナに勝つしかない。

どうせレナに一緒に練習してくれる人なんていないでしょ。……そう願いたい。

「ゆったりと動いている雲にまたがって、大空をゆうぜんと渡って行く天使だ」

それにしても、篤志って意外と演技上手いわね……なんか複雑だわ。ちなみに彼はもうロミオ役が決まっている。彼以外に誰も立候補者が現れなかったから。

その後あたしは篤志に協力してもらい二時間ほど練習をした。帰宅が多少遅くなってもママには勉強してたとか言っておけば、オーディションまでの三日くらいなら大丈夫。

正直、練習量が足りてるとは思わないけど、自宅で堂々とやるわけにもいかないし……

自分の部屋で台本の読み込みをひたすらやるしかないわね。

身振り手振りのちょっとした演技なら、静かにやればバレずに練習できるし。

「咲、この調子なら七瀬に勝てるんじゃないか？」

「あんたは能天気ね。レナはあたしなんかより百万倍上手いのよ」

練習後。篤志の質問に、あたしは首を横に振って答えた。

「でも、あたしだって負けるつもりは微塵もない。レナに目にものを見せてやるわ」

「いいぞ咲。俺も全力でサポートするからな。そんで咲のお母さんにまず役者をやることを認めてもらおうぜ」

篤志はそんな風に励ましてくれる。彼には星蘭祭でジュリエットを演じてママを説得する計画を話している。練習に付き合ってもらってるから、事情は話さないとね。

レナには勝たなくちゃいけないし、ママを説得しなくちゃいけない。

……けれど、他にもやらなくちゃいけないことがある。

二年前から、ずっと残っている問題を解消しないといけないの。

そうして三日後。あれから篤志と二人きりで練習を繰り返して、自宅でもママにバレな

いようにひたすら自主練をしたら、あっという間にオーディション本番の日を迎えた。悔いなんて一ミリも残らないくらい練習はした。睡眠時間も削って本気でやった。だから、あとは本番で練習した成果を発揮するだけだ。

「芽衣、ちょっといいかしら？」

オーディションが始まる前、あたしは芽衣を呼んだ。彼女は少し驚いた表情をしつつも、こっちに来てくれる。興味が湧いたのか涼香と達也もこっちに来ようとしたけど、それは篤志が止めてくれた。彼には事情を話しているからね……でも助かったわ。

「ど、どうしたの？　咲ちゃん？」

少し怯えながら訊いてくる芽衣。そんな彼女の両肩に、あたしは優しく手を乗せた。

「今日のオーディションであたしはジュリエットを演じるけど、その演技をね、芽衣に一番見て欲しいと思っているの」

「っ！　わ、私に……？」

その言葉に、あたしは一つ頷くと――話し始めた。

「実はあたし、何年か前まで役者を目指していたの。ただの役者じゃないわ。みんながあたしの演技を一目見ただけで、あたしのことが大好きになるような大女優よ」

あたしの話を聞いて、芽衣が目を見開く。あとで涼香や達也にも明かすつもりだ。

けれど、まず先に芽衣に話したかった。何故なら以前、プロのイラストレーターになりたいと夢を語っていたから。

それからあたしは全てを明かした。幼い頃に子役として少し活躍したけど、才能も実力もなくてあっという間に仕事がなくなったこと。それでも大女優になりたくて必死にあがいたこと。でもやっぱりダメで役者を一度諦めたこと。……けれど、最近になってまた役者をやることから始めることにしたこと。

「あたしはね、今日のオーディションのために必死に練習してきたわ。あたしにはジュリエットを演じないといけない理由があるし……それにね、あたしは演じることが何よりも大好きだから」

芽衣(めい)には、そんなあたしの演技をちゃんと見ていて欲しい。

それで、もしまだ芽衣がプロのイラストレーターになりたいと思っているのなら、感じ取って欲しい。プロを目指したり夢を叶(かな)えるには、少なくとも本気で、死ぬ気でやらないとダメなんだって。それだけやってもプロになれなかったり、夢を叶えられなかったりすることの方が多いから、とあたしは語ったあと――。

「芽衣は、せっかくプロになりたいってくらい大好きなことを見つけたのだもの。プロを目指すなら中途半端にやっていたらもったいないじゃない」

以前、篤志(あつし)がまだ全てを懸けられるくらい大好きなことを見つけられてないって言っていた。それってつまり、夢を抱けるほどの大好きなことがあるのは幸運なことなんだって思ったの。だからこそ、もし芽衣がいま夢を抱いているのならとことん頑張って欲しい、ってあたしは心底思う。

「さ、咲ちゃん……」

「偉そうなこと言ってごめんなさい。ちゃんと芽衣に伝わるように演技するから。あたしの演技を見ていてね」

あたしが芽衣から離れると、タイミング良く文化祭実行委員が宣言した。

「それでは、これよりジュリエット役のオーディションを始めたいと思います」

オーディションのルールは、あたしとレナが順番にクラスメイトたちの前で事前に指定されたセリフで演技をする。それを見てクラスメイトたちに二人の演技のどっちが上手かったかを判断してもらい、最後は多数決でジュリエット役がどちらかを選んでもらう。

順番はじゃんけんで決めることになって――あたしが勝った。

やったわ。今日は運があたしに味方してるわね。あたしは一番目を選ぶ。

「それでは準備ができたら、自分のタイミングで演技を始めてください」

あたしがクラスメイトたちの前まで移動すると、文化祭実行委員から指示が出る。

「咲ちゃん頑張れ～！」「綾瀬なら出来るぞ！」

涼香と達也がエールを送ってくれる。芽衣は真剣にこちらを見てくれている。

篤志はお前ならやれる、みたいな視線を送ってくれる。

久しぶりに、こんな多くの人たちの前で演技をするからか……緊張する。

……いや、理由はそれだけじゃない。さすがにまだチラつくわね。

『君の演技ってさ、なんか優等生みたいでつまらないね』

昔、あたしの演技に言ってきた審査員の言葉の一つ。……いいじゃない。やってやろうじゃない。ここであたしは最高の演技をして、クラスメイトたちの心を掴んでみせるわ。

〝優等生〟だってね、たまには〝天才〟に勝つってところを見せてあげるわよ。

あたしは髪に身に着けているチョコレート色のヘアピンに触れる。

依桜、あたしは今から最高の演技をするからね。……よし。

――いくぞ、あたし。

「ああ、ロミオ様！　ロミオ様！　どうしてあなたはロミオ様でいらっしゃいますの？」

あたしは一つ目のセリフを放った。

刹那、クラスメイトたちの視線があたしに釘付けになって、騒ぎだす。

あたしの演技が上手い、とか。

素敵な演技だ、とか。

本物のジュリエットみたい、とか。

最高に気持ちいい！　あたしは演技をしながら、心からそう思った。

クラスメイトたちはきっと演技のことなんてあまり知らない。だからあたしの演技でも騒ぎ出したりするけれど、それでもあたしは震えるほど嬉しかった。

改めて思った。やっぱりあたしは演じることがどうしようもなく好きなんだなって。

こんなことを、あたしは止めようと思っていたのか。本当にバカね、あたしって。

それからも、あたしは演技を続ける。

みんなにこれがあたしのジュリエットだ！　って見せつけるように。

そして——。

「さすれば、私も今を限りキャピュレットの名を捨ててみせますわ！」

最後のセリフを言い切った。クラスメイトたちは誰一人としてよそ見せずに、あたしを見ていた。——その時、レナと視線が合う。

どう？　これがあたしのジュリエットよ。勝てるもんなら勝ってみなさい。

そんな挑発的な視線を送ってやった。

まあ、それにレナは笑顔を返してきたけどね。腹立つー。

「すごいよ咲ちゃん！」「綾瀬って演技とか出来たんだな！」

自分の席に戻ると、涼香と達也が嬉しそうに褒めてくれる。

「良かったぞ、咲」

「篤志、うるさいんだけど」

優しい笑顔を向けてくる篤志。色々見透かされている感があってムカつくわね。

「さ、咲ちゃん」

そんなことを思っていたら、芽衣が近づいてくる。彼女の瞳には涙が浮かんでいた。

「私ね……感動した！　すごく感動したよ……！」

「……そっか。なら良かったわ」

あたしの演技を見て芽衣が何かを感じてくれたなら、それだけでも今日あたしが演技した意味はあるだろう。たとえレナに負けてしまっても――。

「あぁ、ロミオ様!!　ロミオ様!!　どうしてあなたはロミオ様でいらっしゃいますの?」

レナの番になり、彼女が演技を始めると――時が止まった。本当に時間が止まったわけじゃない。そう感じさせるほどに、クラスメイトたちが全く動かなくなったのだ。

『夕凪』のオーディションの時と同じ。いや、それ以上に場の空気を支配する力が増していた。これはもう圧倒的という言葉すら超えていた。

レナは『夕凪』のオーディションの日から、また何倍も成長していたのだ。

――憧れちゃうな。

レナの演技に、素直にそう思ってしまった。あたしもあんな風になれたらなって。

だけど〝優等生〟のあたしには〝天才〟のレナみたいな演技をすることはできない。今後も一生できないだろう。

でも、だからって誰かの心を動かせないわけじゃない。大女優になれないって決まったわけじゃない――と依桜(いお)からそう教わった。

今まで何もしていなくて急に三日間だけ練習しても、さすがにレナの演技の足元にも及ばなかったわね……まあ今日のところは負けておいてあげるわ。けど次があったら、今度こそあたしの演技でレナの演技より多くの人の心を動かしてみせるわよ！

「さすれば、私も今を限りキャピュレットの名を捨ててみせますわ!!」

レナが最後のセリフを言い終えた。教室は静かなまま誰も喋(しゃべ)ろうとも動こうともしない。レナの演技でクラスメイトたちが魔法にかかってしまったみたいだった。……完敗ね。

けれど、今回は自分の演技をやり切れたからか、心はどこか清々(すがすが)しかった。

暫(しばら)くして――クラスメイトたちのレナの魔法が解けると、投票の時間に移る。

「今から順番に名前を呼ぶので、みんなはどちらか良いと思った人の名前が呼ばれた時に手を挙げてください」

文化祭実行委員の説明が終わると、続けて投票が始まった。……さてと、ママのことはどうしようかしら。ジュリエットができないとなると、他の役はもう埋まっているから星(せい)

蘭(らん)祭でママにあたしの演技を披露することができない。……まあ急いでもロクな案が出そうにないし、後から考えよう。そんなことをあたしは呑気(のんき)に思っていた。

すると、オーディションの投票結果が発表される。

――ジュリエット役には、あたしが選ばれた。

オーディション後。丁度良いタイミングで昼休みになると、あたしは文化祭実行委員の男子生徒に声を掛けるために近づく。当然、ジュリエット役を辞退するためだ。

「咲(さき)、ちょっと来て」

不意に、後ろに腕を引っ張られる。引っ張ってきたのは、レナだった。

あたしはレナの手を振(ふ)り解(ほど)こうとするが、彼女の力は強くてそのまま連行されていく。

「放して！　放しなさいよ！」

そう訴えてもレナは聞く耳を持たず、あたしを連れてどんどん進んでいく。

そうして人気(ひとけ)のない別棟の廊下まで来ると、ようやく手を放した。

「何するのよ！」

「それはこっちのセリフ。何勝手にジュリエット辞めようとしてるのさ」

「当然じゃない。あんな投票、公正じゃないでしょ」

オーディションの投票結果は、圧倒的にあたしの票数が多かった。

……けれど、それはレナのことが嫌いな生徒たちが全てあたしに入れただけで、あたしの演技に入れた票なんて一票もない。迂闊だったわ。まさかあれだけ演技に差があっても、好き嫌いとかで票を入れる生徒がいるなんて……。

「ジュリエットはやらないわよ。こんなことで役をもらっても嬉しくないもの」

「ダメだよ。ジュリエットは咲がやって」

「なんでレナがそんなこと言うの。あんたが一番酷い目に遭ってるのに……」

「私はね、こうなることはわかってたんだよ」

唐突に、レナが言い出した。その時の彼女の瞳は少し寂しそうだった。

「それでも私の演技だったら、みんなのことを振り向かせられるって思ったの。……まあ結果は残念だったけどね」

「残念って……そんなのあたしがジュリエット役を降りれば――」

「絶対にダメ。何度でも言うけど、ジュリエットは咲がやらなくちゃ」

「どうしてよ！　ずっと訊きたかったけど、どうしてそこまであたしを気にかけるの？」

友達じゃなくなってからも、レナはあたしにもう一度役者をやらせようとしたり、今日はジュリエット役を演じさせてくれようとしたり。

なんで彼女はそこまでしてくれるのだろう……？

「前にも言ったよね。私は全てを懸けて演じている咲の演技が好きなの。ただそれだけ」

あたしの問いに、レナはすぐに答えて笑った。

「だから私は、咲が星蘭祭でジュリエットを演じているところを見てみたいんだ！」

レナは瞳を煌めかせて言葉にする。

あのレナが、あたしのジュリエットを見たいって……。

「咲、ジュリエットを演じて！　君の素敵な演技を多くの人たちに見てもらおうよ！」

レナは明るく笑って手を伸ばしてくる。やるなら私の手を掴んで、と言わんばかりに。

「……本当にいいの？」

「いいんだよ！　だって、咲の演技は本当に素敵なんだから！」

真っすぐな言葉を躊躇いもなく伝えてくる。しかも、あの〝天才〟のレナが。

そんなことをされて、心が躍らないわけがなかった。ジュリエットを全力で演じているところをママに見せて、ママに役者をやることを認めてもらわないといけない。

当然、ジュリエットを演じたい理由の中でそれが一番だけど、純粋にジュリエットを演じてみたい気持ちもある。

「……ごめんレナ。あたしね、ジュリエットはとても魅力的な女性だから。ジュリエットを演じたいの」

「うん！　存分に演じてよ！　私も咲の演技をものすごく見たいんだから！」

あたしが素直に話すと、レナから手を繋いでくる。結局、あなたから繋ぐのね。

でも、なんだか少しほっとした。そして一言だけ、レナに呟くように言ったんだ。

「……ありがとう」

「咲はさ、どうしてクラスメイトたちが咲に票を入れたと思う？」

「それはクラスメイトの大半が、レナのことが嫌いだからでしょ」

「容赦ないな～。でも、それじゃあ三分の一しか正解じゃないね」

「三分の一？　他にも二つ理由があるっていうの？」

あたしの問いに、レナは勢いよく頷いた。

「一つはね、私の演技より咲の演技を評価した人がいること」

「っ！　そんなまさか……！」

「言ったでしょ。咲の演技は素敵だって。私より咲の演技が好きって人はいると思うよ。

まあちゃんとした人が審査したら、みんな咲より私の方が上って言うかもね！」

ニコッとしてくるレナ。彼女の言っていることは合っているけど、ムカつく～。

「で、もう一つの理由は……みんな咲のことが好きなんだよ！」

「あたしのことが好き……？」

「その通り！　咲は優しいから。みんな君の行動の一つ一つに感謝しているんだよ。それでね、みんな君のことが好きになる。ううん、大好きになるの！」

　レナはまるで自分のことのように、嬉しそうに語った。

……なによ、そんな風に言われたら恥ずかしいじゃない。

「オーディションの結果はね、そんなに間違ってないんだよ。私は嫌われ者だから票が入らなかった。君はみんなにすごく好かれていて信頼されているから票が入ったの」

　最後の星蘭祭だから、信頼している生徒に票を入れるのは当然だよね～とレナは楽しそうに続けて話した。

「じゃあレナフェスティバルとかやるの止めて、問題児を引退しなさいよ」

「嫌だ！　だって私はいつも楽しいことをしていたいからね！」

　レナは即答して、べーっと舌を出した。……レナらしいわね。

「あっ、ちなみにだけど、私は咲のこと大嫌いだからね」

「あたしもレナなんて大嫌いよ」

　レナがからかうように言ってくるから、あたしも言い返してやった。

　でも、二年前のそれとは違って……とても優しくて楽しい言い合いだった。

　あたしは〝優等生〟でレナは〝天才〟だ。二人は決して相容れない。

　そんなあたしたちは、たぶんもう友達には戻れない。

……けれど、今のあたしにとってレナは敵だ。

そうは言っても追い越したいとか追いつきたいとかじゃなくて、いつかどんな形でもいいから一緒の舞台で演じてみたい。そんな願望を抱かせてくれるくらい最高の敵。

まあレナはあたしのことなんて、なんとも思ってないだろうけどね。

ジュリエットを演じることに決めてから、あたしはロミオ役の篤志にも協力してもらって毎日のように必死に練習をした。

星蘭祭であたしの全てを懸けたジュリエットを、ママに見てもらうために。

ところで、涼香や達也にも子役をやっていたことやこれから再び役者をやることを明かしたら、普通に「すごいじゃん咲ちゃん！」「頑張れ、綾瀬！」と言葉をもらった。

やっぱりあたしの友達は、みんな優しいわね……。

そんな感じであたしのことを二人に打ち明けた後も、あたしはジュリエットの演技の練習を繰り返した。帰りが遅いとママに時々、不審がられることもあったけど文化祭の準備と説明するとバレることはなかった。

そうして一ヵ月ほどが経って、いよいよ星蘭祭の前日にまで迫ったのだった。

「ママ、文化祭はどうするの？」

晩ご飯中、あたしはママに訊ねた。あたしの最後の文化祭だし来ないなんてことはないと思うけど、一応訊いておかないと。

ちなみに今晩は久しぶりにパパも一緒だ。晩ご飯はあたしの大好物のミートソースパスタ。こういう重要な日の晩ご飯って、毎回ミートソースパスタな気がするわね。

「そういえば明日だったわね。……咲のクラスは演劇をやるのよね？」

「そうよ。あたしは裏方だけどね」とか言いつつ、本当はジュリエットなんだけど。

そんなことを思っていたら、ママがあたしの質問に答えた。

「……今年の文化祭は遠慮しておくわ」

「っ！　どうして！」

あたしは思わず立ち上がってしまった。確かにクラスの出し物は演劇だけど、あたしが何かを演じるなんて伝えていないのに。

「今年で高校最後の文化祭なんだよ？　見に来てよ」

「でも、高校生にもなって、親が見に行く必要ないでしょう」

「一昨年も去年も見に来てくれたじゃない」

「それはそうだけど……明日は少し忙しいのよ」

絶対に嘘だ。……どうしよう。ママが来ないと、明日あたしがジュリエットを演じる意味がほぼなくなる。レナに半分譲ってもらうような形で手に入れた役なのに……。

「パパは行こうかな。去年は仕事が忙しくて行けなかったからね」

急にパパがそう口にした。パパは来てくれるのね。それはすごく嬉しいけど……。

「ママ、僕が一人じゃ学校で迷ってしまいそうだから一緒に来てくれないかな？」

「あなた……」

パパの言葉に、ママは困った表情を浮かべる。

よくわからないけど、パパがママを文化祭に誘ってくれているの？

「もしママが来なかったら、僕は五十歳手前で迷子になってしまうな」

「それは……普通に嫌ね」

パパの迷子宣言に、あたしは苦笑いを浮かべる。自分の親が迷子になっている姿なんて見たくないわ。……すると、ママは呆れたようにため息をついた。

「わかりました。私も行きます」

「いいの！　ママ！」

「ええ、学校でパパが迷子になったら私も恥ずかしいもの」

ママの発言に、あたしは隠れて小さくガッツポーズ。

危なかった。もう少しで計画が台無しになるところだったわね。

「パパ、ありがとう」

あたしがお礼を言うと、パパは下手っぴに笑った。

なんか……久しぶりにパパの笑顔を見た気がした。

とにかくこれで準備は整った。あとは今晩と明日の朝も演技を磨いて、本番を待つのみ。

ママ、見ててね。明日、あたしの演技で絶対にママの心を動かしてみせるから。

そして星蘭祭当日を迎えた。今朝もジュリエットの演技を細かな部分まで徹底的に練習をした。本番まで残り一時間。あたしはさらに練習しようと思ってたんだけど……。

「なんであたしがこんなところに……」

あたしはいま高校一年生の出し物のメイド喫茶にいる。

「咲がメシも食べずに本番に挑もうとしてたからだろ？　さすがにメシは食わねーと。本番で倒れたら大変だからな」

「だからもう食べたじゃない。早く練習に戻りたいのに、他の三人はまだ戻らないの？」

芽衣たちが離席してから、十分くらい経つのに全く戻ってこない。

「達也は腹が痛いってよ。高橋は化粧を直してくるって、立花は食後の運動に立花家秘伝の体操をしてくるって言ってたな」

三人同時に離席。さらに芽衣の謎すぎる離席理由。……嫌な予感がするわね。

「咲ってさ、なんで今日パーカーなんて着てんの？」

「え？　これは……ちょっと気分転換よ」

あたしはブラウスの上に、お気に入りの水色のパーカーを着ている。こうすればレナほどじゃなくても、少しでも演技が上手（うま）くなるかなって。ゲン担ぎみたいなものだ。文化祭でこんな格好しても、教員たちは割と目を瞑（つぶ）ってくれるし。

「は～い。お客様。こちらがカップル専用のカップルジュースです～」

すると突然メイド姿の女子生徒が現れて、あたしたちのテーブルにジュースを置いた。

しかしそれは、吸い口が二ヵ所あるストローが付いている、女子生徒が言った通りのカップルが二人で飲むような飲み物だった。

「ちょっと！　こんなの頼んでないんだけど！」

「当店のサービスです～。カップルっぽいお客様を見つけたら適当に出しているんです～」

「ありがた迷惑というか、ただの迷惑ね!?」

「あとお客様二人で飲み切らないと、倍の値段でお支払いしていただきます～」

「本当に迷惑ね!?」

……でもジュースの値段は安いみたいだし、飲まずに倍の値段を支払った方がいいか。

「おぉ、これ美味いな」

そう思っていたのに、篤志が呑気にジュースを飲んでいた。

「ちょっと、何勝手に飲んでるのよ」

「だって勿体ないだろ？　咲は無理して飲まなくていいよ。全部俺が飲むから」

「いや男らしいですね～。対して、彼女さんは心が狭い。ジュースを一緒に飲むくらいしたらいいのに。もしかして恥ずかしいんですか～？」

「別にあたしは彼女じゃないし。それ以上騒ぐと、ここの担任にクレーム入れるわよ」

あたしが女子生徒を睨みつけると、彼女は「ごゆっくり～」とどっかへ行った。

……それから、あたしはストローに口をつける。

「？　飲まないんじゃなかったのか？」

「別に。こんなジュースごときに倍の値段を払いたくなくなっただけよ」

「……そっか」

あたしと篤志は一緒にジュースを飲む。彼の顔は少し赤くなっていて、あたしの顔もたぶん同じようになっている。……別に恥ずかしくなんてないし。

「ようやく腹治ったわー」「化粧ばっちりになった～」「体操、終わったよ」

あたしたちがジュースを飲み終わったあと、芽衣たちが三人同時に戻ってきた。

こいつら、絶対にあのジュースが出ること知ってたわね……。

昼食を済ませたあと。芽衣たちとは別れて、あたしは篤志と二人で最後に少し練習したのち、演劇をする体育館に移動した。いま舞台では他クラスの演劇が披露している。それが終わり次第、あたしたちのクラスの『ロミオとジュリエット』が開演予定だ。

開演までの間、あたしと篤志は既にジュリエットとロミオの衣装に着替えていて、その衣装に芽衣たちが嬉しい感想を言ってくれたり、あたしと篤志もお互いの衣装に感想を言ったり、あとは男子生徒と仲良さそうにしているレナに、ちょっと絡んだりして時間を過ごした。——そうしたら、もう少しで開演時間になるところまで迫った。

「そろそろ前のクラスの演劇が終わりそうだな。頑張ろうぜ、咲！」

「そうね。頑張りましょう」

ママもパパもきっと見に来ている。というか、さっきこそっと確認したら、かなり前の席に二人並んで座っていた。あの位置の席だと、あたしの演技をよく見れるはず。

あたしは今日、人生で一番のジュリエットを演じてみせるわ。

ママにあたしは役者としてイケるでしょってところを見てもらうの。

そしてね、ママにまず役者をやることを認めてもらうのよ！

「まずい！　倒れるぞ！」

不意に、男子生徒の声が聞こえた。視線を向けると、近くに置いていたあたしの身長の四倍くらいある背景用の建物の大道具が倒れてきていた。

そして、それはあたしがいる方向へ。

「危ねぇ！」

篤志が咄嗟に叫ぶと同時に、あたしに飛び込んでくる。あたしのことを庇うためだ。

――バタン！と大きな音を立てて、背景用の建物が倒れた。

「咲！　大丈夫か！」

しかし、篤志のおかげで下敷きにならずには済んだ。――けれど。

「いたっ……！」

足に激しい痛みが走る。立ち上がりたいけど、かなり厳しい。

少し触ってみると、足首のあたりが腫れている感覚がある。……これはマズい。

「なんかまずくない？」「あぁ、ヤバそうだな」「ど、どうしよう……」

芽衣たちが心配そうにこっちを見ている。

「こりゃすぐに保健室に連れていかないと！」

「篤志も顔を青ざめて、慌てている。

「篤志、落ち着きなさいよ。これくらい全然平気だから」

あたしはみんなの不安を消すために立ち上がろうとする。

これくらいね、我慢するなんて簡単――。

「いたっ！」

だが、やっぱり痛みで立ち上がることができなかった。

……何やってんのよ、あたしの足は。これくらいの痛みで音を上げてんじゃないわよ。

「おい、無理すんなよ！」

篤志は不安そうな表情を浮かべている。

「うるさいのよ。あたしが保健室なんか行ったら劇はどうするのよ」

「そんなの他のやつに任せるしかないだろ！」

「そんなのできるわけないでしょ！　セリフ幾つあると思ってるのよ！」

「そ、それは……」

そうだ。あたし以外にジュリエットをやれる人なんていない。

セリフが何十個あると思っているの。そんな量をすぐに覚えられる人なんていないのよ。

「誰か！　咲の代わりにジュリエットをやってくれるやつはいないか！」

それでも、篤志が周りのクラスメイトたちに訊ねる。でも、彼女らはみんな篤志から目を逸らして何も答えない。当然よ、誰だって舞台の上で恥なんてかきたくないもの。

「ほら、あたし以外にジュリエットはできないのよ」

「でもその足じゃ……」

篤志があたしの足を見て、呟く。彼が心配するのも充分わかる。足首はかなり腫れてしまっている。……でも患部の色が変わっているわけじゃないし、ただの捻挫だ。

痛いけど演劇が終わるまでは、耐えてみせるしかない。

最後の星蘭祭を台無しにするわけにはいかないし、あたしはジュリエットという素敵な女性を演じたい！　それにあたしはママにあたしの最高のジュリエットを見せつけないといけないの！　だから――。


「私がジュリエットをやる！」

唐突に手を挙げる者がいた。……レナだ。

彼女なら一度オーディションをやったし大量のセリフも覚えられそう。……いや、そもそも既に全て頭の中に入っているのかもしれない。彼女はそういう人だ。

「レナ、あんた……」

「私もできれば咲にジュリエットをやって欲しいけど、その足じゃ無理でしょ」

レナはどこか苦しそうな顔をしていた。きっとあたしを気遣ってくれているのだろう。

レナにはママのことは話していない……でも、あたしが演じることが大好きで、そんなあたしが純粋にジュリエットを演じたいと思っていることはわかっているから。

あたしはレナに反論したかったけど、気遣った上でジュリエットをやろうとしているってわかると言い返せなかった。現に、あたしの足は激痛でもう動かせない。

「……えぇ、そうみたいね」

「だったら私がジュリエットをやる。咲も演劇をダメにしたくはないよね」

レナは苦しい表情のまま、そう言ってくる。

あたしは……頷けなかった。それほどまでに、あたしはジュリエットという女性を演じたいし、ママにあたしの全力の演技を見てもらいたいの。

「大丈夫！　咲の分まで最高のジュリエットを演じてみせるから！」

すると、レナが近づいてきて力強く言葉にした。たまにあたしの足を見ていて、すごく心配しているのがわかる。さっきからあたしはずっと同じ体勢のままだ。もうほとんど動けないことがバレてしまっているのだろう。……さすがに、か。

「……わかったわよ。ジュリエット役はレナに譲るわ」

「っ！　ありがとう、咲！」

レナは申し訳なさそうに、感謝してきた。なんてあたしは運がないのかしら。最後の星蘭（らん）祭で、ジュリエットという素敵な役をもらって、しかもママにあたしの演技を見てもらわなくちゃいけない大事な時に、動けなくなるほどの足の怪我（けが）って……。

「いいえ、そもそも公平なオーディションの結果じゃなかったんだから、レナがジュリエットをやるのが正しいのよ」

やっぱり、オーディションでズルみたいなことをしたのがダメだったのね。

あたしはレナに完敗だったわけだし。これは敗者が調子に乗った罰よ。

「咲……」

「悪かったわね、卑怯（ひきょう）な真似（まね）をして」

「なに言ってんの！　全然気にしてないよ！」

いきなりレナが優しく抱きついてくる。な、何？

驚いていると、レナはあたしにだけ聞こえるように話し始めた。

「それにあのオーディションは間違ってないって言ったでしょ。誰がなんと言おうと咲の勝ちだから」

「あたしの勝ちではないでしょ」

「私が咲の勝ちって言ったら咲の勝ちなんだよ。……でも、そんなにあの時のオーディションの結果に不満なら、また戦おうよ」

レナはそう言ってから、いつもの明るい笑顔を見せる。

「いつか共演してどっちの演技が上か勝負しよう。私の〝ライバル〟として、ね」

最後の言葉に、あたしは一瞬理解できなくなってしまうくらい驚いてしまった。

「〝ライバル〟……？」

「うん、私は勝手に役者として咲のことを〝ライバル〟だと思ってるからね！」

レナが頷くと、あたしはとても嬉しくなる。特に深い意味はないと思うけど〝天才〟が〝優等生〟をライバルだと言ってくれた。その事実が、単純に嬉しかったんだ。

「レナ……ありがとう」

あたしは泣きそうになりながら、お礼を言った。

今日はダメかもしれないけど、また頑張ろう。ママのことも含めて、全部。

「足を痛めている咲には悪いけど、君を保健室に連れていったら、そこで衣装を私の体操服と替えてもらいたいの！　それでも大丈夫？」

「ええ、わかったわ」

「それから阿久津くん、劇は先に始めるようにクラスメイトのみんなに言って。ジュリエットの出番までには着替えは終わると思うから」

「わ、わかった。よし！　お前ら準備するぞ！」

レナの指示で篤志が動いて、あたしはレナに背中に乗せられて保健室まで向かった。

こうしてあたしの『ロミオとジュリエット』は一つのセリフも言うことさえなく、終わったのだった。

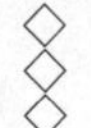

保健室に運ばれたあと、丁度よく保健室の先生以外に誰もいなかったから、あたしはすぐにレナと衣装を着替えた。その後、保健室の先生が足に湿布を貼りテーピングもしてくれると、だいぶ痛みが引いた。だからって、何度も動きながら演技をすることはできないけど。保健室の先生から「念のためご両親を呼んで病院に行く?」と訊かれたけど、断った。そんなことしたら、ママたちにジュリエットの件がバレそうだからね。

あとから音響の方にいた担任教師がクラスメイトに事情を知らされて慌ててやってきたけど、あたしは心配いらないから戻ってと伝えて、演劇に戻ってもらった。

「いまはどのシーンかしら」

そして、いまあたしは保健室のベッドに横になっている。演劇を見に行く勇気は……ちょっとない。絶対に羨ましくなってしまうから。それに演劇を見に行っても、客席にいるママたちに怪我のことが知られるかもしれないし。

ちなみにあたしの格好は、上は体育で使う学校指定のシャツと水色のパーカー、下は同じく学校指定のジャージのズボンだ。

シャツとジャージはレナに借りた。パーカーは舞台裏に置いてたからここに来る時に持ってきて、室内が熱中症対策のためかクーラーが効いていて少し寒いから着ている。

保健室の先生は校内で誰かが怪我(けが)したらしく、しかも割と深刻で、怪我人のクラスメイトの生徒に呼ばれて現場に向かった。要するに、保健室にはあたし一人だ。

保健室に入ってから結構経(た)っているし『ロミオとジュリエット』はもう後半に差し掛かっているだろう。レナの演技を見たら、お客さんたちはびっくりするんだろうなぁ。

「……あたしもジュリエットやりたかったな」

思わず本音が漏れた。ダメよ、今回はあたしの出番はないの……大人しく寝とこ。

「いってぇー!!」

そう思った直後に、大きな声と一緒に誰かが保健室に入ってくる。

なんなのよ、一体……。

「って、篤志(あつし)じゃない!? 何してんのよ!?」

視線を向けると、学校指定のシャツにジャージのズボン姿の篤志がいた。

彼は少し足を引きずっている。

「ちょっとやらかしてな。劇の途中でロミオができなくなっちまったわ」

「ええ!? じゃあいまロミオはどうしてるのよ!?」

「桐谷(きりたに)ってやつがやってる。なんかセリフ全部覚えてんだってよ」

「そ、そうなの……」

それから篤志から事情を聞くと、大道具が倒れてあたしを庇(かば)った時、あたしと同じように捻挫をしてしまったらしい。痛みが軽かったから無理やり演技をしていたけど、少しずつ痛みが増していって物語の終盤で耐えられないほどまでに悪化したとのこと。

そんなわけで桐谷だっけ？　そいつとロミオ役を交代して保健室まで来たみたい。

一人で来た理由は、劇の最中のクラスメイトたちに迷惑をかけたくなかったからだって。

無茶(むちゃ)するわね、もう……。

「はい、これで大丈夫よ」

その後、保健室の先生がいないから、代わりにあたしが篤志の怪我の処置をした。

捻挫してるとはいえ怪我の処置くらいできるし。テーピングとかは無理だけど。

「咲(さき)も怪我してるのに……ありがとな」

「あたしのせいで怪我しちゃったのにお礼なんていいのよ。その……ごめんなさい」

「勝手に大道具が倒れたんだ。咲のせいじゃねーし、誰のせいでもねーよ」

それからお互いなんとなく喋(しゃべ)りたくなって、同じベッドに隣り合って座った。

「……あたしたち、何やってるのかしらね」

「そうだな。主人公が二人揃(そろ)って足を怪我するとか」

「しかも二人とも捻挫よ」

「マジでだせー」

篤志は苦笑する。さらに二人が幼馴染っていうのも、最高にダサいのよね。

「……その、大丈夫か？　色々と」

篤志は言い辛そうに訊いてくる。色々ってねぇ……。

「今日は残念だったけど、ママの説得はどうにかするわ」

それに篤志は「……そっか」とだけ呟いた。

そうして暫く沈黙が流れる。……なんかあたしのせいで微妙な空気にしちゃったわね。

――と思っていたら、不意に篤志が声を上げた。

「そうだ！　めちゃめちゃ良いこと思いついたぞ！」

「何よいきなり。めちゃめちゃ嫌な予感するんだけど……」

篤志は笑っていて、あたしは不安な顔をしていると思う。

「咲！　ここで俺たちの『ロミオとジュリエット』をやろうぜ！」

「俺たちのって……あたしと篤志の二人だけで？」

「そうだよ。ずっと保健室でぼーっとしてるだけじゃつまらないだろ？」

「……確かにそうだけど」

保健室で勝手にそんなことして、誰か来たらどうするのよ……。

「ていうか、足は？　お互い怪我してるじゃない」

「咲は座ってろよ。俺はワンシーンだけなら多少動いても問題ないし。一番有名なところやろうぜ！　二人でさ！」

篤志はわくわくした表情で提案してくる。ずっと一緒にいたあたしにはわかる。彼はたぶんあたしを楽しませようとしてくれているんだ。結局、ジュリエットを演じられなかった幼馴染のことを悲しませないように。最後の星蘭祭を悲しい思い出にしないように。

――あたしはベッドから立ち上がった。

「咲!?　何してんだよ!?」

「テーピングが効いてるし、あたしもワンシーンくらい動いても平気よ。最後に二人で最高の思い出を作るわよ」

あたしの言葉に、篤志は目を見開く。それから彼は笑って――。

「そうだな！　最高の思い出作ろうぜ！」

その後、あたしと篤志はお互いなんとなくで立ち位置に着く。

誰か来たら恥ずかしいし怒られそうだけど……来ないことを願うしかないわね。

「ほら、ロミオのセリフからよ。ビシッと決めてよね」

「もちろんだ！　咲と沢山練習したからな、任せろ！」

篤志は自信満々に言ってのける。あたしの練習にずっと付き合ってくれたからね。そんな彼なら大丈夫か。そして――篤志が演技を始めた。

「ああもう一度言ってくれ輝かしい天使よ！　君の姿は頭上はるか闇夜に輝いている！」

笑って、楽しそうに演技をする篤志。やっぱりセリフの言い方とか演技全般は上手いけど……ここはそんな表情をするシーンじゃないのよ。

――でも、すごく気持ちはわかる。

あたしも彼の演技を見ているだけで、不思議と楽しくなる。

星蘭祭の最中に、みんなが校内を歩き回ったり、友達と喋ったり、出し物を見たりしている時に、二人して何やってんだろうって！

「ゆったりと動いている雲にまたがって、大空をゆうぜんと渡って行く天使だ！」

篤志がセリフを言い終えると、あたしの番だぞって視線を送ってくる。

わかってるわよ。演劇に出られなかった分、ここで篤志だけにあたしの最高の演技を見せてあげる！

「ああ、ロミオ様!!　ロミオ様!!　どうしてあなたはロミオ様でいらっしゃいますの？」

あたしはたった一人のためにジュリエットを演じる。

そんなあたしもたぶん笑って演技をしてしまっている。最高の演技を見せるつもりだったのに、こんなの全然ダメね……でも楽しい！　すごく楽しい！

ひょっとしたら今まで演技をした中で、一番楽しいかもしれない！

その間も篤志はずっとあたしのことを見てくれる。とても嬉しいわ。

もっと見ていて。あたしが演技しているところを。あたしが大好きなことをしていると
ころを。あなただけでも見ていて欲しい。だってあなたは、あたしの――。

「さすれば、私も今を限りキャピュレットの名を捨ててみせますわ!!」

セリフを言い終えた瞬間、高鳴る鼓動が聞こえる。

こんなに心臓の音が響いているのに、演技に夢中になりすぎて気づかなかった。

それほどまでに、この時間が楽しくて仕方がなかったのね！

「……綺麗だ」

篤志はあたしの演技を見終えると、言葉を零した。

「そんなに綺麗だった？　あたしのジュリエット」

「おう。超綺麗だったよ」

「そっか！　なら良かったわ！」

あたしは嬉しくなって、また笑ってしまう。

あたしの演技でも少しは篤志の心を動かせたのかな、なんて思って。

そんなあたしは、やっぱりどうしようもなく演じることが大好きで、もう一度役者をや
ると決めた日から少しずつ少しずつ夢を目指したいと思えるようになっている。

だから——。

「あたしね、いつかきっと大女優を目指すわ！」

まだ夢を追う勇気はないけれど、今日みたいに大好きなことを続けていたら、必ずまた夢を追えるようになる。そんな気がした。

「おう！　その時は俺も咲(さき)の夢を全力で応援する！」

あたしの宣言に篤志(あつし)は一瞬驚いたけど、結局いつもみたいにエールを送ってくれた。

しかし直後、篤志は急に何かを呟(つぶや)いた。

「そっか。これが俺の……」

でも、声が小さすぎてよく聞こえなかった。なんて言ったのかしら？

……まあいいわ、それより彼には言わなくちゃいけないことがある。

「篤志、ありがとね！　とっても楽しかった！」

あたしが感謝すると、篤志は不意をつかれたみたいにきょとんとする。

けれど、すぐに嬉(うれ)しそうな顔に変わって、

「俺もすげぇ楽しかったよ！　最高の思い出になった！」

「あたしもよ！　篤志のおかげで、本当に最高の思い出になったわ！」

二人で笑い合った。こうして幼馴染と一緒に、心から笑ったのは久しぶりな気がする。

今まで本当に色々あったから……。でも、あたしはもう迷ったり悩んだりしない。

あたしは演じることが大好き。これさえわかっていれば、きっとあたしは大丈夫！


その後『ロミオとジュリエット』の公演を終えた芽衣たちがやってきた。

みんな心配そうにしていて、芽衣なんて泣いていたから大丈夫って安心させた。

ちなみに『ロミオとジュリエット』だけど、最後にレナが結末を変えるっていうとんでもないことをやったらしい。あたしに代わって何やってんのよと思いつつ、レナらしいとも思った。いつも楽しいことをしていたいって、以前に彼女はそう言ってたもの。

レナは……今日はたぶんここには来ないと思う。芽衣たちがここに来ることは予想がつくだろうし、あたしたちを邪魔しないようにって考えそう。

普段はグイグイ来るレナだけど、大事な時は必ず気を遣うから。

それから怪我をして歩き回れないあたしと篤志のために、星蘭祭が終わるまで芽衣たちがずっと一緒にいてくれた。あたしは彼女たちに申し訳なく思いつつも、五人で他愛もない話をした。そうして、あたしの最後の星蘭祭は終わったのだった。

大変なアクシデントがあったけど……三年間で一番思い出に残る星蘭祭だった！

だがこの時、あたしのスマホに一通のメールが届いた。――ママからだった。

『話があるの。何かはわかってるわよね？』

「咲、どういうことか説明して」

星蘭祭が終わり帰宅後、リビングで家族会議が開かれていた。

こういう時、大体あたしとママだけなんだけど、今回はパパも参加している。

「担任の先生から聞いたわよ。ジュリエットを演じる予定だったたって」

ママは今までで一番鋭く睨んでくる。……これはかなりキレてるわね。

ママが、あたしがジュリエットを演じると知った経緯はこうだった。

『ロミオとジュリエット』の公演が終わり、ママたちがあたしの最後の星蘭祭を邪魔しないようにすぐに帰宅したら、暫くして担任教師から自宅に電話がかかってきたらしい。

内容は、あたしが怪我をしてしまったことへの謝罪。でも軽い捻挫だったから、大事には至っていないということ。それらを話している最中に、ついでにあたしがジュリエットを演じる予定だったことがバレてしまったらしい。

若干懸念はしてたけど……やっぱり隠し切れなかったわね。

「早く説明して」

ママは睨みつけながら促してくる。やっぱり恐い……けど、ビビッてばかりもいられないわ。バレてしまったのなら、あたしはもうこの場でママを説得するしかないもの。

「ママ、あたしはもう一度役者をやるわ。いきなりオーディションを受けるとか正直まだそんな気持ちにはなれないから、最初はボランティアとかから始めて……それでね、いつかまた役者を仕事にできるようにしたいの」

「っ！　何を言っているの！　そんなこと絶対にダメよ!!」

「そう言われても無理なのよ。あたしは気づいたの。やっぱり演じることが大好きだって。だから、あたしは役者をやるの」

あたしは丁寧に、ちゃんとママに自分の気持ちが伝わるように、話していく。

――でも、ママは両手でテーブルを大きく叩いた。

「だからダメって言っているでしょう！　あなたはママの言った通りにしていたらいいの！　これから良い大学に行って、良い仕事に就いて！　好きな人と愛し合えたら結婚をしたり、その人との子供を産んだりしてもいい！　全部咲の幸せのために言っているのよ！　わかってよ！」

感情を爆発させながら放たれた言葉の数々。クールなママがこんな風になるなんて、生まれて初めて見たかもしれない。それだけ怒っているとなると、ひどく恐怖を感じた。

……だけど、いまのあたしはこんなことでは屈したりしない。

「ううん、あたしは役者をやるわ」

あたしは、はっきりと首を横に振った。

それにママは驚いたような顔を見せたあと、もう一度テーブルを大きく叩いた。

「もう咲なんて知らない！　あなたが私の言う通りになるまで親子の縁を切るから！」

ママはそう言い放つと、勢いよくリビングを出て行く。

直後、二階に上がる大きな足音。たぶんママとパパの寝室に行ったんだと思う。

「さすがに、ブチ切れられたわね……」

でもママの気持ちは痛いほどわかる。何年もやって役者として全く結果が出なかったのに、それでも子供がまた役者をやりたいとか言い出したら、親としてはブチ切れもする。

これはさすがに長期戦になりそう。それどころか今後一生親子の縁を切られたままになるかもしれない。

「咲、少しいいかい？」

不意にパパがそう言ってきた。そういえばパパを除け者にしちゃってたわね……。

「ごめんなさい。どうしたの、パパ？」

「実はね、咲に話さなくちゃいけないことがあるんだ」

その時――パパの表情は、今まで見たことがないくらい真剣なものだった。

「ママがね、どうして咲に役者をさせたくないかわかるかい？」

パパと二人で話すことになると、いきなりそんな質問をしてきた。

「あたしに役者としての才能も実力もなくて、全然結果も出せていないから……」

あたしが答えると、パパは優しく首を左右に振った。

「そうじゃないよ、他に理由があるんだ。でね、咲には少し見て欲しいものがある」

パパがそう言って用意してきたものは、やや古めのディスク。

それには『シンデレラ』と書かれている。これって演劇よね……？

疑問を抱きつつ、あたしはパパとテレビの前のソファに座る。次いで、パパがディスクをレコーダーに入れて再生した。画面には舞台が映し出されて、その上にはシンデレラ役の女性が一人立っている。――女性の演技が始まった。

彼女は綺麗なドレスを着ているわけではなく、貧相な服装だった。

しかし、彼女は装いに似つかわしくないセリフを堂々と言ってのけた。

演技だとわかっている。服装も言葉も、全て用意されたものだってわかっている。

それなのに、あたしは――。

『誰も私が夢を見ることを止められないの』

彼女の言葉に惹(ひ)かれ、心が震えた。

そこで気づいた。ひょっとして彼女は――っ！

「彼女はね、ママなんだ」

「えっ⁉　どういうこと⁉」

あたしは驚いて、すぐにパパに訊(たず)ねる。

「ママもね、咲(さき)と同じように役者をやっていて一流の役者を目指していたんだよ」

衝撃的だった。まさかママも役者をやっていたなんて……。でも納得はできる。あたしが子役で活躍していた頃、沙織(さおり)さんとは別に少し演技を教えてくれたり、どうすれば仕事をもらいやすいかも教えてくれたから。そういう世界に一度でも入った経験があるのなら演技のことはもちろん、仕事のことについても色々知識があってもおかしくない。

それから、パパはママのことについて話してくれた。

ママは子供の頃から演じることが大好きで、ずっと一流の役者になることを夢見ていた。

……だが現実はそう甘くなくて、ママは中学生の頃から芸能事務所、ドラマや映画のオーディションをひたすら受け続けたけど、たったの一度も受からなかったらしい。

でも大学生になって、ようやくアマチュアの劇団に入団することができた。その劇団にはパパも在籍していて、二人はそこで出会ったみたい。

そうして劇団に入ったママだけど、結局、裏方やモブ役ばかりの日々を送った。

「それでもママは頑張ったんだ。頑張って、頑張って、壊れてしまった」

いつか一流の役者になるために、ママは努力を重ね続けた。

結果、ママは身も心もボロボロになって、最後には劇団を辞めて役者も諦めてしまった。

その後、ママは元々頭が良かったらしく大手企業に就職して、友人に無理やり連れてこられた同窓会でパパと再会して、付き合い、結婚したという。

つまりママは役者を諦めて、いつもママが言葉にしている幸せを手にしたのだ。

「そ、そうだったの……」

知らなかった。ママがあたしと全く同じような人生を、途中まで送っていたなんて。

「……あれ？　でも、じゃあこれは？」

あたしはテレビを指す。画面にはシンデレラを演じているママの姿が映っていた。

きっとこれは、その劇団が記録として撮影したものだろう。

裏方やモブ役ばかりだったはずのママが、どうしてシンデレラを演じているの？

「これはね、奇跡が起きたんだよ」

パパはそう言ってから話を続けた。

この日。シンデレラ役の劇団員が急に体調を崩して演じることができなくなってしまい、さらに代役として用意していた一人も一日前に高熱が出て休んでいたらしい。

他の劇団員は、シンデレラの演技どころかセリフの一つも覚えていない。

誰もシンデレラを演じられないなら、もう公演は中止にするしかない。そんな状況になりかけていたところ、なんとママがシンデレラ役に志願した。

みんなは驚いていたが、当時からママの頑張りを知っていたパパは驚かなかったらしい。

何故なら、ママは僅かなチャンスでも掴むために『シンデレラ』に出てくる女性ができそうな役の演技とセリフを予め全て覚えていたから。す、すごいわね……。

そうしてママはシンデレラに抜擢されて演じ切った。……が、それだけ。やはり役者の世界は甘くなくて、それ以降ママが大役を任されることは一度もなかったらしい。

「それでもパパはね、ママのことを心の底から尊敬しているよ。大好きなことを命を懸けてやっていたからね。もちろん今もずっと尊敬している」

そう言葉にしたパパからは愛を感じた。……とても素敵だなって思った。

「でもそっか。ママは過去の自分と重なるあたしを心配してくれているのね」

「そうだね。だから、どうかママのことは嫌いにならないで欲しいんだ」

「嫌いになるわけないでしょ。むしろ、ママには沢山感謝しているの」

子役でドラマや映画に沢山出演していた時はいつも現場に一緒にいてくれたし、今はあたしが過去の自分のような目に遭わないように守ろうとしてくれているのだから。

——でも、ここであたしはちょっとした矛盾に気が付いた。ママってあたしを子役オーディションに応募したのよね……？　今までの話を聞くと少しおかしい気が……。

「ねえパパ。子供だったあたしを子役オーディションに応募したのってママなの？」

訊ねた瞬間、パパは少し気まずそうな表情を浮かべる。それからパパは答えた。

「咲を子役のオーディションに応募しようって言い出したのはパパなんだ」

パパが言いにくそうに打ち明けると、あたしはびっくりした。確かに役者として挫折を経験しているママが、あたしを子役オーディションに進んで応募するとは考えにくい。

でもママ以外だったら、親戚の人とかが勝手に応募したのかと思っていた。

パパって、子供に何かをさせようって感じしないし。

「それ本当なの？」とあたしが訊くと、パパは小さく頷いた。

「最初はママは乗り気じゃなかったんだけど、パパが一回だけでいいからどうしても、とお願いして咲を子役のオーディションに応募してもらったんだ。書類審査とかはママが書いて応募した方が受かりやすいと思ったから」

パパは後ろめたそうな様子で説明する。あのパパが結構強引なことをしたのね。

「ごめんね、咲。ママのことを話し終わってから、これも話すつもりだったんだ」

パパは申し訳なさそうに話すと、続けた。

「あと咲が役者を諦めるって明かしてくれた時、冷たい反応をしてしまってごめん。パパがママに咲のことを子役オーディションに勧めたせいで、咲が辛い思いをしてしまったと考えると、なんて言ったらいいのかわからなくなってしまって……」

パパは話し終わったあと目を伏せる。……そうだったのね。パパはずっとあたしに子役オーディションを受けさせたことを気にしていたのね。

「大丈夫よパパ。それよりなんでそこまでして、あたしを子役にさせたかったの？」

あたしが訊ねると、パパは答えてくれて、他にもママのことを教えてくれた。

そして、それを全て聞き終わったあと——あたしは泣いてしまった。

「ママ、少しいい？」

パパの話を聞いたあと、あたしはママがいる夫婦の寝室の前に来ていた。ママからの返事はない……けど、ドアを開けて部屋に入った。ママは椅子に座って俯いていた。

「私は入っていいなんて言ってないわ……」

「ダメとも言わなかったでしょ？」

それにママはムッと睨んでくる。さすがに機嫌は全く良くなってないわね。

「パパから昔のママのことは全部聞いたわ」

「っ！　そ、そう……」

あたしが伝えると、ママは一瞬だけ驚いたような反応をする。

「それならわかるでしょう？　咲もかつての私のようになりたいの？」

「……そうね。役者を続けていたら、そうなるかもしれないわね」

「そんなのダメに決まっているでしょう！　絶対に後悔することになるわ！　咲、お願いだから役者なんてもう目指さないで！」

「あたしは後悔なんてしない。それにママも後悔なんてしてないでしょ？」

「何を言うの？　私は後悔しかしていないわ。役者なんてやらなければ良かったって」

「嘘よ。だってあたし知っているもの。ママが用事って言って出かけている時、いつもどこに行っているのか」

あたしが子供の頃から今日まで、ママは用事と称してどこかに出かけていた。

それがどこなのか、ずっとわからなかったけど先ほどようやくわかった。

「ママは劇場に演劇を見に行っているんでしょ？」

「っ！　どうしてそれを……？」

「これもパパから聞いたの。ママは今もまだ役者という存在や演劇が大好きなんだって」

ちなみに中学の時、ママにオーディションを受けていたことがバレたのもこれが原因。

オーディションが行われたビルの隣には、劇場があったから。

「本当に役者をやったことを後悔しているのなら、劇場なんて行かないでしょ？」

「それにあたしが子役の時、演技とか仕事のこととか色々教えてくれたよね？　ママが役者として歩んだ人生を後悔していないから、そうしてくれたんじゃないの？」

「……知らない」

「知らないって言っているでしょう！」

あたしの言葉に、ママは怒りで震えた声を出す。

それから……ママは少し自分を落ち着かせて話し始めた。

「最初はね、咲がすごく楽しそうに演技をしているから、やっぱり私の娘なんだって思ったの。役者をやらせて良かったって。だから、私の知っている全てを教えようと思ったのよ。咲がもっと楽しく演技ができるように」

けれど、あたしが役者として才能も実力もないと分かって、どんどん仕事が減って、あたしが日を追うごとに辛い表情を見せるたびに、本当に役者をやらせて良かったのか、とママは思うようになったという。

そしてあたしが中学生になったばかりの頃、ママはあたしに役者を諦めるよう告げた。

「もう見ていられなかったの。自分の娘が辛い目に遭うのが、どうしようもなく昔の私と重なって耐えられなかったのよ」

当時のことを思い出したのか、ママは悲痛な表情を浮かべる。

……やっぱり、ママはずっとあたしのことを心配してくれていたのね。

「だからね、咲。私は何度でも言うわ。役者はもう諦めて大学に行ったり、仕事をしたり、結婚したり、子供を産んだり、そんな風に正しく生きて欲しいの」

ママは懇願するように伝えてくる。正直、あのクールなママがこんな風に頼んでくるなんて思わなかったから、ほんの少しだけ気持ちが揺れた。

──でもね、あたしの心はもう決まっているの。

「ママ、あたしも何度でも言うね。あたしは絶対にもう一度役者をやるし、役者を続けていたら、いつかきっと役者を仕事にしたいって思っちゃうと思うの」

「どうして？　私は咲の幸せのために何回もこうやって言っているのよ？」

「ええ、知っているわ。……でもね、ママが考える幸せがあたしの幸せじゃないの」

確かにママが言った通りの人生を送れたら、世の中の大半の人が幸せな人生を送れたと思うかもしれない。

だけど、少なくともあたしは違う。あたしにとって幸せな人生は良い大学に行くことでも、良い会社に就職することでも、結婚することでも、子供を産むことでもない。

あたしにとっての幸せは──。

「大好きなことを、役者を、演じることを一生涯続けること。それがあたしにとっての幸せなの」

あたしが躊躇(ためら)いなく断言すると、ママは一瞬言葉を失う。

……でも、ママはまだ認めてくれない。

「それなら仕事をしながら、趣味で演劇でもやればいいじゃない。そういう人のための劇団だって世の中にはあるのよ」

「そうね。昔のあたしは趣味で演劇をやるくらいなら役者を辞めていたけど、いまのあたしは形がどうであれ、大好きなことを続けるだけでもいいって思ってる」

「そ、それなら――」

「でもね、まだそうしようって決めるわけにはいかないの。あたしには夢があるから」

「夢……？」

ママは不思議そうに言葉を漏らす。そうよ。あたしには叶えたい夢があるの。子供の頃から変わらない、どうしようもなく叶えたい夢。

それはね――。

「誰もがあたしの演技を一目見ただけで、あたしのことが大好きになる――そんな大女優にあたしはなりたいの！」

あたしは生まれて初めてママに自分の夢を告げた。

それを聞いたママは目を見開いたあと、否定するように首を横に振った。

「もしなれなかったらどうするの？　絶対に不幸になるわ」

「不幸になんてならないわ。だって、もし大女優になれなくても、その時はその時よ。さっきママに言ったように、あたしは形を変えて大好きなことを続けるだけ。どんな結末を迎えてもあたしは幸せにしかならない。だからこそ、いつか夢を全力で追うの！」

あたしが自信満々に言ってみせると、ママは呆気に取られる。

きっと昔のママは、昔のあたしと全く同じだったんだ。夢がなくなってしまったのなら、大好きなことを止めるしかないって。そういう考えしかできなかったんだ。

……でもね、あたしの世界一のファンで、大切な友達が教えてくれたのよ。

たとえ夢がなくても、大好きなことは続けてもいいんだって。

すると――ママは微かに口元を緩めた。

「バカな子ね。私にそっくり」

「最高の誉め言葉ね」

あたしはそう言ってから、ママと同じように笑った。

「ねえママ。どうしてあたしが大女優になりたいかわかる？」

「わからないわ。そもそも大女優って言い方が曖昧だもの」

ママの言葉に、あたしは確かにって思ってしまう。

それから、あたしは大女優になりたい理由をママに明かした。

「ママのシンデレラを見て、あたしは大女優になりたいと思ったのよ」

パパが話していた。あたしがまだ物心ついたばかりの頃。パパがママに怒られるから自分の仕事部屋で、ママがシンデレラを演じている『シンデレラ』をこっそり見ていたら、いつの間にかあたしが部屋に入ってきてしまい、そんなあたしは夢中でママの演技を見ていたらしい。そして『シンデレラ』が終わると、あたしはもう一回、もう一回と何度もママのシンデレラを繰り返し見た。そして、最後にあたしは言ったんだ。

——あたしもこんな風になりたいな。

パパはそれを聞いて、あたしに子役オーディションを受けさせようと決意した。

「ママのシンデレラはね、あたしにとってはどんな女性よりも美しく見えて、一瞬で惚れてしまうくらい素敵な女性だったの。そして、あたしに夢を与えてくれたのよ」

「私が、咲に……夢を？」

ママが半信半疑になっていると、あたしは強く頷いた。

「そう！　ママのおかげであたしは夢を抱くことができたの！　ママのシンデレラはあたしの心を動かしたのよ！」

あたしは思いっきり笑って答えた！

ママにいっぱいの感謝を伝えられるように！

「……そう。そうなのね。私が役者に捧げた時間は無駄じゃなかったのね」

ママは泣きそうな声で言葉を零す。あたしにはいまのママの気持ちがよくわかる。

ママもあたしも同じ〝優等生〟だから。

たった一人だけでも自分の演技で誰かの心を動かすことができた時、どれだけ嬉しいのか、あたしにはわかる。正直、もう死んでもいいくらい嬉しい。

あたしが依桜に伝えられた時が、そうだったから。

この気持ちだけは決して〝天才〟は感じることができない〝優等生〟だけのものだ。

「だからね、ママ。あたしはもう一度役者をやるし、きっとまた夢を追ってしまうけど……どうか許して。親不孝な娘かもしれないけど、ママが演じたシンデレラを見てあたしが感じたような気持ちを、いつかあたしの演技でも誰かに感じて欲しいの！」

あたしは頭を下げて頼んだ。もうあたしは自分の全ての気持ちを話した。これでダメだったら……明日から、またあたしの気持ちを伝え続けるしかないわね。

こんなことでは、あたしはまだ夢を諦めることなんてできないもの。

そう思っていたら、ママは近くにあった机の引き出しから何かを取り出す。

「これ、使いなさい」とママが渡してきたものは通帳だった。開くとあたしの名前が書いてあって、とんでもない額のお金が入っている。

「な、何これ!?」

「咲が子役時代に貰ったお金よ」

「子役って、あれは演技指導の代金とかに使ったからあんまり残ってないはずじゃ……」

「誰が子供のお金を使うのよ。演技指導の代金は私が別で支払って全部取っておいたの。咲が中学生の時は、私にバレないように勝手に支払っていたみたいだけど、その分も補填しておいたから」

中学生の時、あたしはテレビ番組の小さな仕事は何個かやっていたから、友香っちに頼んで入ってくる分から演技指導の代金を天引きしてもらっていた。

だから沙織さんの演技指導を受けていても、お金関係でママにバレることはなかった。

「そ、そんな……こんなの貰えないわよ」

「いいの。そもそもこのお金は咲のものなのよ」

「そ、そうだけど……」

「いつか夢を叶えるために、使いなさい」

唐突に、ママが言葉に出した。ママを見ると、何かを決心したような様子だった。

「本当にいいの……?」

「ええ、その代わり無理はしないで。挫けたら、いつでもママに泣きついてきなさい」

クールな表情で、ママはそんなことを言う。あたしは思わず笑ってしまった。

「そんなことしないわ……でも、ありがとう」

「これから頑張ってね、咲」

「……うん、頑張るわ」

最後のママの言葉に、あたしは泣きそうになったけど、堪えた。

こんなことで泣いていたら、大女優にはなれないわよ。

だって、あたしはこれからまた苦しい道を進もうとしているのだから。

それでも、この先どんなことがあっても、どれだけ辛い目に遭っても、あたしは絶対に不幸になんかなったりしないだろう。

だって、これからずっとあたしは〝生きる〟って決めたから！

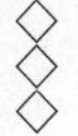

ママに大女優になるという夢を認めてもらった日から、一ヵ月ほどが経った。
その間、あたしはママに言った通りボランティアに参加して小さい劇場で子供たちの前で演技を披露したりしていた。
そうやって、少しずつ再び大女優を目指せるように、大好きなことを続けた。
そして学校が夏休みに入ると、あたしは篤志と一緒に自宅の最寄り駅近くの海浜公園に来ていた。彼と二人で話したいことがあったから、あたしが誘った。

「咲、話ってなんだ？」

緩やかな潮風を浴びていると、隣に並んでいる篤志が訊いてきた。

「あたしね、来年は地元から離れた大学に行くの」

篤志は驚いてこっちを見るけど、あたしは話を続ける。

「ちょっと遠くに名武大学っていう、有名な演劇サークルがある大学があるの。来年あたしはその大学を受けるわ」

これはあたしがもう一度役者をやることを知った沙織さんが、電話で教えてくれた。

その演劇サークルには、日本で一番と言われている女性の演出家が顧問にいて、ドラマや映画の仕事なんて受けずに、ただひたすらに学生の指導をしているのだとか。その演出家は指導が厳しい代わりに、演技に革命的な変化をもたらしてくれるらしい。

大学の偏差値は大して高くないから、学力的には全く問題ない。

「そんな厳しいところなんて行って……その、大丈夫なのか？」

「興味があるのよ。いつか大女優を目指すにしても、今までと同じようにやっていてもダメだって思っているから」

それに今のあたしには大女優になるという夢を叶える前に、小さな目標がある。

その目標を達成するためにも、名武大学には行きたい。

「だからね、その大学に入ったらあたしは家を出るわ」

「……そっか」

「そうよ。幼馴染のあんたには離れ離れになるってことを言っておこうかなって。だから今日も誘ったのよ」

正直、寂しくはなるけど……しょうがないわね。幼馴染といえども、いつかは別れるでしょうし、それが来年ってだけの話。そう思っていたのに――。

「決めたわ！　俺、咲と同じ大学に行く！」

「はぁ!?　あんたバカなの!!　あたしが行くのはいつか夢を叶えるためなの。っていうか、バスケの推薦は？　中学の時みたいに沢山話が来てるって聞いたわよ」

「そんなの元々受けるつもりなんてねーよ。それに俺は咲と一緒にいたいから、咲と同じ大学に行くんだ」

篤志は恥ずかしげもなく堂々と言ってみせた。あ、あたしと一緒にいたいって……。

「俺さ、星蘭祭の日に保健室でお前と一緒にロミジュリやって気づいたんだよ。いや、気づいたっていうか思い出した」

篤志は楽しそうに語る。そんな彼を見て、何故かあたしは自分が夢を抱いた時もこんな表情をしていたんだろうなって思った。そして――彼はあたしに話してくれた。

「俺が自分の全てを懸けられるくらい大好きなことは、咲の夢を応援することだって」

その時の篤志はとてもカッコよく見えて、不覚にもドキッとしてしまった。

同時に、彼のような誰かの支えになりたいっていう人生の歩み方も〝生きる〟ってことなんだと思った。

「だから、俺は咲の夢を応援するためにお前と一緒の大学に行くよ」

篤志がまた言葉にしてくれて、あたしは自然と心が温かくなった。……安心した。

「ひょっとして俺、きもいか……？」

一方、ここにきてビビったのか、篤志は不安そうに訊ねてくる。情けない幼馴染ね。

「ううん、超カッコいいわよ」

「っ！　そ、それなら良かった……」

篤志は顔を赤くして小さい声で言う。

そんな彼を見ていると、不思議と今までの気持ちがゆっくりと溢れてきて。

別に意識したわけじゃない。自然と。本当に自然と言葉が零れた。

「好きよ」

あたしがその言葉を口にした時、運が良いのか悪いのか周りの音が綺麗（きれい）に消えた。

風の音も、車のエンジン音も、木々のざわめきも、人の声も。

だから篤志（あつし）には、はっきりと聞こえたと思う。

「好きって……友達的な？」

「あたしとあんたはずっと前から幼馴染（おさななじみ）で友達でしょ。異性として好きなの」

「……そ、そうか」

篤志はそれだけ言うと、あたしと目を合わせなくなってしまった。

……でも彼の顔はどんどん赤くなっていく。

「ちょっと、篤志はどうなの？」

「えっ、どうって……」

「あんたは、あたしのことどう思っているのって聞いてるの」

あたしが質問すると、どうしてか篤志は笑い出した。しかも、かなりの大笑い。

「なんで笑うのよ」

「いや、だってそんなのとっくに気づいてんだろ」

篤志はようやく笑いやめると、あたしの目を真っすぐに見て言葉にした。

「俺は咲（さき）に初めて会った時から、ずっと咲のことが好きだよ」

堂々とした告白。なんかあたしと正反対でムカつく。

……だけど、すごく嬉しい。

「初めてって、その時のあたしたち、まだベビーカーに乗ってたでしょ」

「そうだけど、覚えてないくらいの時から好きだったんだよ。気づいたら……いや気づく前からもう好きになってた」

「気づく前って……言ってること滅茶苦茶ね」

あたしは段々と顔が熱くなってきた。……もう、好き好き言い過ぎなのよ。

「でも、あれだな。元々、苦しんでいた咲を助けたくて中学から強い男になろうと頑張ったけど……おかげでやっと咲のことを振り向かせられたわ」

「強い男……？」

「そうだよ。咲って、力強くリードしてくれる強い男の人がタイプなんだろ？」

強い男……あっ、そういえば、子供の時にそんなことを話していたわね……。

「それね、嘘よ」

「っ!?　マジで!?」

篤志が驚いて訊いてくると、あたしはこくりと頷く。

すると、篤志は落ち込んだように顔を俯けた。

「……どうしてそんな嘘ついたんだよ？」

「そんなの決まってるでしょ。あたしが篤志のことが好きだってことを、あんたにバレたくなかったからよ」

「……？　どういうこと？」

まだ気づかない篤志に、あたしは呆れてため息をついた。

「あたしもね、篤志に初めて会った時からずっと篤志のことが好きなのよ」

あたしの言葉を聞いて数秒、篤志は固まった。

まるで化石みたいね……。

そう思っていたらようやく理解したのか、彼は戸惑いながら口を開いた。

「マ、マジかよ。それってつまり、咲がずっと俺のことが好きだった――っ！」

――あたしは篤志の唇を奪った。

離れると、篤志が意味が分からないといった表情をしている。

だって、しょうがないじゃない。したくなっちゃったんだもの。

でも困惑している彼を見ていると、面白くなって、とても愛おしくなった。

だから、あたしはとびっきり可愛い笑顔を見せつけて言ってやったんだ。

「やっぱり篤志はまだまだへなちょこね」

幕間

『ああ、ロミオ様!! ロミオ様!! どうしてあなたはロミオ様でいらっしゃいますの?』

保健室の前。私——乙葉依桜は、咲ちゃんの演技を見ていた。

見ていたというより、本当は扉の隙間から覗いていたんだけど。

実は私は、咲ちゃんに誘われて彼女が通う星蘭高校の文化祭——星蘭祭に来ていた。

咲ちゃんのクラスが演劇で『ロミオとジュリエット』をやることになって、彼女がジュリエット役をやることも聞いていた。だから咲ちゃんのクラスの公演時間に合わせて体育館に行ったのに、舞台に出てきたジュリエットは咲ちゃんじゃなかった。

この時点でおかしいとは思っていたけど、ひょっとしたらジュリエット以外の役で出るのかもしれない、と暫く演劇を見続けた。……しかし咲ちゃんは全然出てこなくて、それどころか物語の途中でロミオ役の子が代わってしまった。

「なんか綾瀬に続いて阿久津も怪我したらしいぜ」「まじかよ。やべーな」

私と同じように演劇を見ていた近くの席の生徒たちが、偶然そんな会話をしていた。

咲ちゃんが怪我!? 私は慌てて席を立って、学校の保健室を探した。

酷い怪我だったらどうしよう。そんな不安を抱きながら、なんとか保健室を見つけた……が、別に心配はいらなかったみたい。

『さすれば、私も今を限りキャピュレットの名を捨ててみせますわ!!』

事情はわからないけど、保健室で『ロミオとジュリエット』が公演されていた。

咲ちゃんとロミオ役だった男子生徒と二人だけの公演。さすがにここで乱入するほど、私は空気が読めない人じゃない。だから、こうしてわざわざ扉の隙間から見ている……でも通り過ぎていく人たちが不思議そうに私を見てきて、ちょっと恥ずかしい。

とにかく！　咲ちゃんが大丈夫そうで良かったよ。

……だけど、いまの咲ちゃんの演技すごかったなぁ。

楽しそうで、嬉しそうで、演技が大好きってことが伝わってきて、カッコよかった。

咲ちゃんの演技は、私にはいつだってカッコよく見えるんだけど、今回のは今まで見た中で一番カッコよかったと思う。やっぱり私は咲ちゃんの演技が一番好きだな！

『あたしね、いつかきっと大女優を目指すわ！』

それに咲ちゃんからこんな言葉を聞けて、本当に良かった……盗み聞きだけど。

でも同時に、こうも思った。私ももっと演技を磨いて、磨いて、磨いて。

いつかちゃんとした舞台で咲ちゃん――ううん、咲と共演できたらいいなって。

本気でそう思ったんだ。

○エピローグ

あれから、あたしは変わらずボランティアで子供たちの前で演技をしたり、老人ホームでおじいちゃん、おばあちゃんに演技をしたりして、大好きなことを続けた。

そして、卒業するまでに数個だけオーディションを受けた。これは大女優を目指すため、というより、密(ひそ)かに掲げている小さな目標を達成するためだ。

まあ結果は不合格だったけど、久々にオーディションの感覚を掴(つか)めて良かった。

そうして、あたしは大好きなことを続けたまま星蘭(せいらん)高校を卒業した。

進路はあたしと篤志(あつし)が予定通り、名武(めいぶ)大学に進学した。あたしは難なく、篤志もまああ頭が良い方だから特に問題なく合格した。

芽衣(めい)たちの進路は、芽衣はイラストレーターの専門学校へ、達也(たつや)は推薦でサッカーの強豪の大学へ、涼香(すずか)は美容師になるためにその専門学校へ、それぞれ進んだ。

最後に、レナだけど……彼女はハリウッド女優になるためにアメリカへ渡った。

実に彼女らしい夢だと思った。だけど何が〝ライバル〟よ。一人だけ随分と遠くまで行くじゃない。それでも、あたしは奇跡でも起きていつかレナと共演できたらなって思っている。これは目標というより、いまはまだ願望だけどね。

　大学に入学後。あたしは演劇サークルに入って、すぐに演出家の女性——朱里(あかり)さんの指導を受けた。事前に知っていた通り、彼女の指導は厳しくて、ミリ単位の演技でもズレたらひどく怒られた。だからあたしと同学年でサークルに入った人たちも次々と辞めていった。けれど、あたしが辞めることはなかった。というか、人生でオーディションに二百回以上落ちていて、散々容赦ない言葉の数々を浴びせられていたあたしが、今更どれだけ厳しい指導をされても屈したりするはずがなかった。

　それでも最初の一年は、裏方ばかりやらされた。だがたとえ裏方だろうと、外から先輩たちの舞台を見て、吸収できそうな演技はひたすら吸収した。

　二年生になると、モブ役をさせてくれるようになった。でも同学年では既に主役級を演じている人がいて、あたしは少し焦った。けれど、あたしには才能も実力もなくてすぐには成長できないし、だからこそ一歩一歩、地道に演技を磨こうと思った。

　すると三年生になったら、脇役を任せてくれるようになった。セリフが一つ二つとかではない。主役を支える良い役だ。あたしは懸命に練習を繰り返して、朱里さんに言われたことや自身で考えて学んだことを何度も何度も反復して、脇役を必死に演じた。

　そして——あたしは大学最後の年を迎えた。

「咲(さき)、調子はどうかな？」

舞台裏、華麗なドレスに身を包んだあたしに声をかけてきた女性がいた。

視線を向けると、依桜が佇んでいた。彼女もまた綺麗なドレスに身を包んでいる。

「初めての主役なのよ。最高に決まっているでしょ」

今日は大学最後の公演の日。そんな日に、あたしは初めて主役を任された。

朱里さんに伝えられた時は、涙を流しながらガッツポーズをするというスポーツマンみたいな喜び方をしてしまった。それくらい嬉しかった。

「そうだよね、最高だよね。わかる、わかる」

「わかるって……まあ依桜も今日が初めての主役だものね」

ニコニコ笑っている依桜に、あたしはそう言った。

彼女は高校卒業後。こっちもプロの役者を多く輩出しているアマチュア劇団『火花』に入団した。それから依桜はアルバイトでお金を稼ぎながら、最初はあたしと同じ裏方から始まって、そこから必死に努力してモブ役。また必死に努力して脇役。そうやって懸命に努力を繰り返しながら、少しずつ役者としての階段を上がっていった。

そして今日——名武大学の年間最後の公演で『火花』との合同公演が行われる。

なんでも朱里さんと『火花』の団長さんが、昔から交友が深いのだとか。

そんな大切な公演で、ダブル主演を任されたのが、あたしと依桜だ。

「こんなに最高の日が来るなんて、思いもしなかったよ」

「そうね。まさかあたしたちがダブル主演だって」

人によっては大したことないことなのかもしれない。……けど、才能も実力もないあたしたちにとっては、飛び跳ねるくらい嬉しいことなんだ。

それにあたしも依桜も、今までの功績が実って数ヵ月後のドラマ出演が決まっている。

さすがにそれは主役どころか脇役ですらないけど、五個くらいセリフがある役。

当然そんなことも、あたしたちにとっては感動するほど嬉しいことだった。

「咲（さき）、彼氏さんは見に来ているの？」

「来ているわ。友達も家族もみんな見に来てる」

チラッと客席を覗（のぞ）くと、篤志（あつし）、芽衣（めい）たち、沙織（さおり）さん、友香（ともか）っち、パパ、そしてママがまとまって座っていた。あたしの公演を見に来るうちに、みんな仲良くなったみたい。

「依桜は？　お父さん説得できたの？」

「まだ認めてない……とか口では言っているけど、今日もお母さんと家政婦の香織（かおり）さんと一緒に公演を見に来ているんだ」

「なんだかんだ言って、依桜のことを応援しているのね」

なんとなく依桜のお父さんがどんな人か想像がつく。なんかママに似てそうね。

「ねえ依桜。あたしね、決めていたことがあるのよ」

「ん？　決めていたことって？」と依桜は興味深そうに訊（き）いてくる。

これを聞いたらきっと驚くだろうな、なんて想像しながらあたしは言葉にした。

「あたしが依桜と共演できたらね、もう一回夢を追うことにしようって決めていたの」

四年前。高校三年生の頃から、あたしが密かに掲げていた目標。

それはどんな舞台でもいいから、同じ夢を持つ依桜と共演をすること。その目標が達成できたら、あたしは再び夢を追うと決めていた。彼女と共演することで、初めてあたしは一度諦めた夢をもう一度追いかける資格を得られる気がしたから。

「だからね依桜！　この公演が終わったらあたしはまた大女優を目指すわ！」

あたしは決意が伝わるように、躊躇いなくはっきりと言葉に出した。

「よ、良かった、良かったよぉ……！　咲ちゃんが夢を追えるようになって……！」

依桜は泣きそうになりながら、震えた声でそう言う。

ちょっと、ファンの頃の依桜に戻ってるわよ。……しょうがない子ね。

そうやって話していると、裏方の後輩から指示が来た。

「そろそろ出番よ、依桜。今日も全てを懸けて最高の演技をしましょう」

「……うん！　最高の演技をしようね！」

あたしたちは才能も実力もないから、いつも自身の全てを懸けて演技をしないと誰かの心を動かせない。この四年間で、あたしたちが改めて一番学んだことだと思う。

あたしたちは少しずつだけど、着実に大女優に近づいている。

もしダメだったらどうするの？ なんて訊かれても、あたしたちはこう答える。

その時はその時ね。二人して一緒に小さな劇団でも作って、二人でずっと大好きなことを続けていくわ、ってね。

「行きましょう！ 依桜！」

「うん、行こう！ 咲！」

二人して手を繋いで、舞台へ向かった。

この時、あたしたちはきっと今までで一番幸せそうに笑っていた。

〈優等生〉に捉われた人生から、勇気を出して一歩踏み出した〝優等生〟。

幾度となく挫折を繰り返して、それでも夢を追うことに決めた〝優等生〟。

これはそんな二人の〝優等生〟が――〝生きていく〟物語だ。

そして、彼女たちが共に演じる舞台の名は――『エリート』。

『あとがき』

初めまして。以前から私の作品を読んで下さっていた方はお久しぶりです。三月（みつき）みどりです。

この度は『グッバイ宣言』『シェーマ』に続いて、Ｃｈｉｎｏｚｏ（ちのぞー）様のボーカロイド曲ライトノベル、第三弾の『エリート』の著作をさせていただき大変光栄に思っております。

今作は『グッバイ宣言』『シェーマ』を読んだ方も、読んでいない方も楽しめるようになっておりますので、ぜひ様々な方に読んで頂けたら幸いです。

『エリート』を読んで、皆様に思って欲しいことはたった一つです。

後悔しないように〝生きて〟欲しいです。

そして、少し付け加えるとするならば、やらなくて後悔することはあっても、やって後悔することはないです。

今まで生きてきて、私は強くそう思っています。

周りの人だったり環境だったりが理由で、なかなか何かに挑戦することに踏み出せない人もいると思います。すごくわかります。

でも、もし自分の中で本当にやりたいことがあるのなら、勇気を持って挑戦して欲しいと、個人的には思っております。

では、最後となりますが謝辞を述べさせていただきたいと思います。

Ｃｈｉｎｏｚｏ様。今作も沢山のアドバイスを下さりありがとうございました！　主人公に咲ちゃんをご提案してくださったおかげで、とても良い物語にできたと思っております！

アルセチカ様、今回も最高に可愛いイラストをありがとうございます！　どの絵も最高すぎて、もう最高です！　本当に最高です!!

担当編集のＭ様。執筆中、様々なご指摘をいただきありがとうございます。

今作もＭ様のお力添えのおかげで、クオリティが何倍も良くなったと思っております。

出版に関わっていただいた全ての皆様、そしてなにより、今作を手に取って下さった読者様に心から感謝を述べたいと思います。本当にありがとうございました。

それではまたどこかでお会いできる機会があることを心から願って――。

ファンレター、作品のご感想をお待ちしています

あて先

〒102-0071　東京都千代田区富士見2-13-12
株式会社KADOKAWA　MF文庫J編集部気付
「三月みどり先生」係　「アルセチカ先生」係　「Chinozo先生」係

MF文庫J

エリート

2022年10月25日　初版発行

著者　三月みどり
原作・監修　Chinozo
発行者　青柳昌行
発行　株式会社 KADOKAWA
〒102-8177 東京都千代田区富士見 2-13-3
0570-002-301（ナビダイヤル）

印刷　株式会社広済堂ネクスト
製本　株式会社広済堂ネクスト

Printed in Japan　ISBN 978-4-04-681830-0 C0193

◇◇◇